豆腐尽くし

居酒屋お夏 春夏秋冬

岡 本 さ と る

幻冬舎時代小説文庫

豆腐尽くし　居酒屋お夏　春夏秋冬

目次

第一話　豆腐尽くし

一

文政七（一八二四）年を迎えて七日となった。

目黒永峯町《めぐろながみね》にあるお夏《なつ》の居酒屋には、朝早くから七種粥《ななくさがゆ》を食べに、常連客達が次々とやって来た。

「お粥なんてわざわざ食べに来なくったっていいってもんだ」

お夏はいつもの仏頂面で、大きな飯碗《めしわん》に大鍋に煮たった粥をよそう――。

「ああ、やっと爪を切れるぜ」

「え？　どういうことだ？」

「新年になって初めて爪を切るのが七日なんだよ」

「そんな決まりがあるのかよ」

「どうして七日になるまで切っちゃあいけねえんだ？」

「そんなこたあ知らねえよ。ガキの頃にそう教わったんだよ」

「おれは、晦日《みそか》そばを食った後に切っちまったぜ」

「そりゃあいいんだよ。去年の話だろ」

「そういやあ長《なげ》えこと切ってなかったぜ。今切ろうかな……」

「やめろやめろ！　爪がとんで碗に入るだろう！」

こんな愚にもつかぬ話が店の中で飛び交うのを、寡黙な料理人の清次《せいじ》が、少しばかり口許《くちもと》を綻ばせて眺める――。

そして、常連の肝煎《きもいり》である口入屋の親方・不動の龍五郎《りょうごろう》が、

「さあ、これを食ったら松の内もおしめえだ。またしっかり励まねえとな！」

力強い言葉で締め括る。

いつしかこれが、お夏の居酒屋での恒例となっていた。

慌しさや、晴れがましさから解き放たれ、いつもの日々に戻る。

憎まれ口を利きつつ、お夏にとっても七種粥は、気持ちの切り替えにちょうどよ

い献立なのだ。

そうして居酒屋に集う荒くれ達が仕事に出ると、昼までの間はほっと一息つける。

するとそれを見はからったように、珍しい客がやって来た。

美しい白髪。小柄でふくよかな老人は、牛頭《ごず》の五郎蔵《ごろぞう》であった。

言わずと知れた香具師《やし》の大立者で、品川から高輪《たかなわ》にかけてを取り仕切る元締である。

その縄張りを侵さんとした千住《せんじゅ》の市蔵《いちぞう》は、お夏の母親の仇《かたき》で、共闘するうちにいつしか互いの人となりを知り、お夏にとって五郎蔵は心惹《ひ》かれる存在となっていた。

そして、お夏が清次とかつての仲間達と共に千住一家を討ち倒した後は、そのような血生臭い一件はすべて闇の中へ捨て去って、〝時折は行き来する親類〟のように交誼《こうぎ》を続けていた。

「いらっしゃいまし……」

お夏はにこやかに迎えたが、五郎蔵の素姓がわかる言葉はすべて呑《の》み込んだ。

ふらりと入ってきたのは、

「ただのおやじとしてお付合いのほどを……」

という意思表示だと思えたからだ。

客の出入りは一段落していて、五郎蔵を元締と知る者はいなかったが、それでもまだ数人が店にいた。

「久しぶりにお不動さんへ、お参りに行ってきたところでしてね」

五郎蔵は、いつもながらの穏やかな物言いでお夏を見た。

「左様で……」

お夏は、板場に近い小上がりの席を勧めると、小声で、

「今日はおひとりで……?」

と、問うた。

いつもは天助《てんすけ》という男衆を供に連れているのだが、この日は見当らない。

「半刻(約一時間)ほどしたら店を出るから、その辺で待っていてくれ、とね……」

「なるほど」

五郎蔵は晴れがましいことを嫌う。

駕籠《かご》で店の前に乗りつけたり、供を引き連れてきたりしては、

「あのお人は何者か」

などと居酒屋に集う客に嫌な想いをさせるのではないかと、気を遣ったのであろう。

店にはお夏と清次がいる。

居酒屋の毒舌女将《おかみ》と苦味走った料理人であるが、身には人並みはずれた武芸を備えているのだ。

そこは天助も安心して、五郎蔵を二人に預け、半刻の間店に一人にしておける。

お夏は言わずもがなのことだと頷《うなず》いてみせ、

「何にいたしましょう」

と、注文を訊《き》いた。

「料理と酒を、ほんの少し……」

「承知いたしました」

清次は、ちろりに一合ばかり燗《かん》をつけ、薄味で煮た大根に、鮭の酒びたしと一緒に出した。

「ほう、これはうまい……」

酒びたしは、乾燥させた鮭を薄くそいで酒に浸した肴《さかな》で、

「さすが清さんだ、ここで食べられるとは思わなかったよ」

と、舌鼓を打ち、ゆっくりと一合の酒を飲んで体を温めた。

「七種粥もありますから、いつでもどうぞ」

「そんなら後でいただきましょうかねえ……」

五郎蔵は、特に用があったわけではないようで、ゆったりと酒と肴を楽しんでいたが、先ほどから店で飯を食べていた四十絡みの客が、銭を置いて帰っていくと、

「あのお客は、よく来るのですかな?」

呟《つぶや》くように言った。

「はて、このところちょくちょく見かけるお人ですが、どうかなさいましたか」

お夏は鯛の塩辛を折敷《おしき》に添えつつ、首を傾《かし》げた。

店と客との間柄は、酒食を供するうちに、自《おの》ずと互いを知るくらいがちょうどよい。

それがお夏の信条であるから、今出ていった客に見覚えはあれども興味はなかった。

「あのお客は、ご同業じゃあないですかねえ」

「ご同業……？」

一瞬、お夏の目に鋭い光が宿ったが、

「ははは、食い物商売をしているのではないかと」

五郎蔵は苦笑した。

自分がこんな言葉を口にすると、なるほど勘違いを起こしても仕方がなかったと気付いたのだ。

「ふふふ、左様でしたか……」

お夏は首を竦《すく》めた。

考えてみれば、五郎蔵が店でそんな殺伐とした話をするはずがなかった。

清次が助け船を出すように、

「うちと同じような居酒屋ってことですかねえ」

五郎蔵の傍《そば》へ来て訊《たず》ねた。

「まずそんなところかと」

「どうしてそれが……？」

お夏が目を丸くした。

「長く生きてきた者の勘ですな……」

出ていった客は、この時分にしては珍しくいくつもの料理を注文し、味わうというよりは、

「確かめるように嚙《か》み締めていたような」

「なるほど、うちの味を盗みに来やがったってわけですね」

「盗むというのは人聞きが悪い。まあ、学びに来たのですな」

「なるほど……」

「恐らく、今度店を開くことになったが、料理の献立がまだしっかりと決まっていない。それで方々食べ歩いているってところではないですかねえ」

五郎蔵はほのぼのとした口調で言った。

「そいつは、喜ぶべきなんでしょうかねえ」

お夏は少し恥ずかしそうに訊いた。

「喜ぶべきですよ。わたしも以前、利三郎《りさぶろう》を連れて、ここへ食べに来たことがありましたよ。ここの料理を食べると、幸せな心地になる。それが何よりも大切だと気付かされますからねえ」

「そんなこともありましたっけ」

利三郎というのは、高輪南町で〝えのき〟という料理屋を営んでいる、五郎蔵の乾分《こぶん》である。

四年前であっただろうか。千住一家との暗闘の最中、五郎蔵は料理について意見してやってくれと、利三郎を連れて店にやって来た。

五郎蔵はかつて、人助けに生涯をかけたお夏の父・相模屋長右衛門《さがみやちょうえもん》に相通ずるものを覚え、二度ばかり会って心の交流をした。

その娘が目黒で居酒屋をしていて、只者ではないと見た五郎蔵は、料理をだしにお夏との交誼をはかろうとしたのが本当のところであったが、お夏の店で朝飯を食べると、この素朴さが気に入って、

「朝はこうでなくてはいけません……」

と、唸《うな》ったものだ。

「とは言っても、ご同業となれば商売仇だ。ちょいと気をつけた方が好いかもしれませんねえ。清さん、今度あの客が来たら、後をつけてみたらどうです？」

「へい。そうしてみます」

「ははは、いや、くだらぬことを言いました。このところ退屈でしてね。またそっと寄せてもらいますよ」

五郎蔵はそのように言い置くと、一合の酒を飲み、七種粥で締め括り、その日は店を出たのである。

ちょうど半刻が経っていた。

二

たまさか、目黒不動参詣の帰りに立ち寄ったと思われた五郎蔵であったが、それからまた三日後にふらりと一人で現れた。

その日も同じく、朝と昼の間であった。

千住の市蔵との激闘の後は平穏な日々が続き、老齢の元締が出る幕もなく、

「今日も目黒不動へ参ってきたところですよ」

であるそうな。

「そいつはまた、好いところへお越しくださいました……」

清次は温かい雑煮を拵《こしら》えて折敷に載せて出すと、

「昨日、例の客が来ましてね」

囁《ささや》くように告げた。

「ほう、来ましたか……」

五郎蔵は楽しそうに身を乗り出した。

今日もお参りの帰りに立ち寄ったと言うが、本当のところはあの客がまたお夏の居酒屋へ〝学び〟に来たかどうか確かめたくなったようだ。

「で、清さんは後をつけたんだね」

「へい……」

お夏はニヤリと笑っている。

ご同業のようだと言ったものの、それが当っているかどうか、この三日気になって仕方がなかったと見える。そんなところが子供のようで頬笑《ほほえ》ましい。

「さすがは〝さくらや〟の旦那、ご慧眼《けいがん》というもので……」

清次もこの一件については、早く五郎蔵に話しておきたかったので声が弾んだ。

昨日の昼下がりに件《くだん》の客は来た。

なるほど、五郎蔵の言った通り、客はその日も品数を多く頼むと、いちいち噛み締め、味を確かめるように食べていた。

そして、お夏の物の言いようを興味深げに眺めてから、そそくさと銭を置いて店を出た。

お夏は清次にひとつ頷き、それを合図に清次は男の後を密《ひそ》かに追った。

すると男は、白金《しろかね》の通りを真《ま》っ直《す》ぐに進み、やがて四之橋《しのはし》の手前で、一軒の仕舞屋《しもたや》へ入っていった。

そこは居酒屋らしく、まだ暖簾《のれん》は掛けられていないが、腰高障子には〝酒　飯〟と書かれてあった。

清次がしてやったりとばかりに、表でそっと耳をすますと、女房に話しているのであろうか、

「何だか知らねえが、あの店はいつも流行《はや》っているぜ。女将はくそ婆《ばば》ァと呼ばれていて、それほど凝った料理があるわけでもないのによう……」

という声が聞こえてきた。

――なるほど、ご同業だ。

清次はそれを確かめると、また目黒永峯町に戻ったのだ。

「やはりそうでしたか。ふふふ、こいつはいいや」

五郎蔵は自分の読みが当ったので、大いにはしゃいだ。

「これはいったい、どのような店なのでしょうかな。相手はわたしとこの店ですれ違ったことなど覚えておりますまい。かくなる上は、このわたしが覗《のぞ》いて参りましょう」

そう言い置いて、その日もまた半刻ばかりで帰っていった。

お夏はいささか呆気《あつけ》にとられて、五郎蔵を見送ると、外に天助が待っていて、二人で白金の通りを東へと歩いていった。

これはもしや、このまま寄り道をしながら、四之橋へ向かい、清次が見届けた居酒屋に行くつもりなのかもしれなかった。

「清さん、元締はどうしなさったのかねえ」

お夏が不審げに清次を見た。

五郎蔵の住まいは、品川の〝さくらや〟という旅籠《はたご》である。

さのみ遠くはないが、品川から目黒不動へ行って、行人坂《ぎょうにんざか》を上ってお夏の店へ来て、さらに四之橋へ行くのは、老人にとってはなかなか辛《つら》い行程であるはずだ。もちろんどこかで駕籠に乗ったり、船を仕立てたりするのであろうが、何か一念発起することでもあって、これほどまでに出歩いているのであろうか。

まだ若い頃に二親を亡くしたお夏にとって、五郎蔵は親類の小父《おじ》さんのような頼りになる存在である。

それだけにどうも心配になってくる。

清次に後をつけさせようか、それとも自分がそっと付き添えばよいのだろうかと迷ったが、

「元締はそういうことを嫌がるだろう」

どこかの勢力と争っているという噂《うわさ》も聞かないし、泣く子も黙る牛頭の五郎蔵を、自分が守らんとするのはあまりにも僭越《せんえつ》ではなかろうか――。

清次にはお夏の気持ちがよくわかるものの、

「今は、天助さんに任せておけばいいのではねえですかねえ」

彼もそのように応えるしか言葉が見つからなかったのである。

「まあ、あたし達には今の元締の心の内なんてわかるはずもないからねえ」

こちらもおもしろがって様子を見ていようと、短かい言葉で確かめ合った。

するとと、翌日の昼下がりに、五郎蔵はまたもやって来て、店に客が途切れたのを見てとると、

「昨日はあれからさっそく行ってきましたよ……」

少し声を潜めながら言った。

その様子が、悪戯《いたずら》を企む子供のように若やいでいたので、お夏は思いもかけなかったという素振りで、

「もう店に……？　で、どんな様子でした？」

と、話に食いついた。

清次はいつもの彼らしく、目に笑みを浮かべながら、板場で黙って耳を傾けている。

「ふふふ、わたしは〝学びに来ている〟などと言いましたが、やはりお夏さんの言う通り、あれは〝盗みに来た〟が正しいようです」

五郎蔵は思い出しつつ、くすくすと笑った。

店を見つけた五郎蔵は、天助と二人連れで入ってみた。

件の男は、紺の前かけに襷《たすき》がけ。料理人を兼ねた居酒屋の主人の姿も律々《りり》しく、女房と思われる三十過ぎの女と二人で店を切り盛りしていた。

五郎蔵とお夏の店に居合わせたことなど、まるで覚えてもいない様子で、

「いらっしゃいまし！」

愛想よく振舞う女房の向こうで、

「酒にしますかい。飯にしますかい」

お夏のいつもの台詞《せりふ》を、渋い口調で言った。

その様子が、お夏と清次を足して二で割ったようで、五郎蔵はおかしくて仕方がなかった。

「そうですな。酒と……、料理は何かみつくろって、三品ほどいただきましょうかな」

そして注文すると、

「へい。承知いたしやした……」

男は清次ばりに渋く応えて、

「何か嫌いな物はありませんかい」

嫌いな物、苦手な物があれば、初めから言ってくれと念を押す、お夏の決まり文句をここでも口にした。

そして、五郎蔵と天助には、

「この辺りのお方で？」

であるとか、

「今日はどちらかへ行った帰りってところですかい」

というような問いかけは一切せずに、黙々と酒、料理を運んだという。

なるほど、見事に盗まれている。

お夏と清次は、苦笑するしかなかった。

「で、お酒と料理はどうでしたか？」

「それがお夏さん、献立も同じようなものでしたよ」

けんちん汁、大根の煮物、あんかけ豆腐……。

どれも皆、お夏の居酒屋でよく出される料理なのだが、

「まず味はどれも悪くはないのですが、ここの料理とは違って、食べているといささか疲れましたな」

と、五郎蔵は小さく笑った。

「疲れる……？」

「うちはもっとうまく拵えてやろうと、味付けに工夫が多すぎるんですな」

「工夫しすぎると、そのものの味がどこかへとんでいってしまう……、そういうことですか？」

「はい。ここのよさは、こういう料理なら自分でも拵えられるんじゃないかと思えるところです。だが、家でやってみてもうまくない。だからまたここへ食べに来たくなる。その匙《さじ》加減が違うのですなあ」

そう言われると清次は嬉《うれ》しくなり、

「そいつは畏れ入ります……」

思わず破顔して頭を掻《か》いた。

「仕込んだものの味を生かして、どんな献立にするか……。とどのつまりは、それが何よりも大事だということです。四之橋の居酒屋は、そこが盗めていない」

「盗んだつもりでも、蓋を開けてみたら何も入っていなかったってことですかねえ」

「ははは、お夏さんの言う通りだ」

「では、放っておきますよ」

「ええ、それが何より……。いやいや、久しぶりに楽しい想いができました。やはりここは、ありがたい店ですな」

五郎蔵はまた、それから半刻ばかり酒を楽しむと、品川へ帰っていったのである。

三

その五日後。

お夏は昼から高輪南町の料理屋〝えのき〟へ出かけた。

主人は榎《えのき》の利三郎。牛頭の五郎蔵の右腕と呼ばれる俠客《きょうかく》であるのは言うまでもない。

以前から頼まれて料理の味見に、清次と二人で出かけることになっていたのだが、このところ五郎蔵がよく訪ねてくれるので、何か行き違いがあってはいけないと思い、今日は清次を店に置いてきたのである。

〃えのき〃は桜並木に囲まれた閑静なところに建つ。

「女将さん、お待ちしておりました」

帳場の若い衆の松吉《まつきち》が、桜の向こうからやって来てお夏を迎えてくれた。

松吉は火事で親を失い途方に暮れているところを、利三郎に拾われ〃えのき〃で育った。

出会った頃はまだ子供であった彼ももう十六で、元服をすませている。

「松吉つぁんかい。見る度に立派にお成りだねえ。あたしも歳《とし》をとるはずだ……」

そんなやり取りの後に店へ入るのがこのところの決まりなのだが、子供が大人になっていくのを見ていると頼もしくてよい。

そして同時に、四十を過ぎた自分はどこまで人助けを気取って生きていけるのであろうかと、いささか不安を覚える近頃のお夏であった。

座敷に通されると、

「いつもご足労をかけて、すみませんねえ」

利三郎が丁重に迎えてくれた。

「とんでもないことですよ。おいしい料理の味見をさせてもらうのに、文句を言っちゃあ罰が当るってもんです」

「ははは、そう言ってもらえるとありがたい。今日は鯰《なまず》なんですがねえ。やっぱりこれは油で揚げるのが何よりかと思いましてねえ。それでもって丁寧に小骨を取るのが肝心だ……」

「あたしもそう思いますねえ」

「こいつを大根おろしで食べるか、塩に山椒の粉を交ぜて食べるのが好いか、そのあたりを女将さんに……」

利三郎は鯰に思い入れが強かったのであろう。勢いよく語ると、

「そういやあ、今日は清さんは一緒じゃあねえんでございますかい」

そこで初めて、清次がいないことに気付いた。

「ええ、ひょっとして元締がふらりとお見えになってもいけないと思いましてね」

お夏が応えると、

「元締が？」

「何もお聞きになっていないのですか？」

「ええ。永峯町を元締が訪ねていなさるんで……」

利三郎が首を傾げるので、お夏はこのところよく五郎蔵が訪ねてくれるのだと告げて、四之橋の居酒屋の一件と共に語った。

「そいつはおもしれえ。そんなことがあったのですねえ」

利三郎は、笑って話を聞いていたが、やがてしみじみとした表情を浮かべた。

やはり五郎蔵が近頃頻繁に目黒に足を延ばすのには、何か理由があったのだろうかと、お夏は利三郎をまじまじと見た。

「そいつは何だなあ……。元締は気晴らしをしてえんでしょうねえ」

利三郎は分別くさい声で言った。

「やはり何かあったんですねえ」

「いや、大したことでもねえと思っていたんですがねえ……」

「本人にとっては応えることもありますからねえ」

「ええ、そのようで……。先だって、元締は旅籠で出した料理の献立を忘れちまいましてね」

利三郎の話によると、五郎蔵は年老いた自分がいつまでも元締の位置に座っていてはいけないと、ここ数年は利三郎に少しずつ縄張り内の仕置を任せるようになった。

千住一家との暗闘が終結したので、もう自分が陣頭に立つ必要もないと、近頃は〝さくらや〟の旦那としての暮らしを楽しんでいた。

何よりも力を入れたのは〝さくらや〟で客に出す料理の献立であった。

料理好きで食通の五郎蔵は、以前から旅籠の食膳だけは自分の目で確かめ、余ほどのことがない限りは、先々の献立までも決めて空で言えるほどであった。

ところが十日ほど前であっただろうか。

利三郎が、五郎蔵に報《しら》せておきたいことがあり、品川の〝さくらや〟を訪ねると、ちょうど旅籠の料理人が、

「昨日の膳はあれでよろしゅうございましたか?」

五郎蔵に伺いを立てに来ていたところであった。

「昨日の……」

その時、五郎蔵は何やら落ち着かぬ表情となって、

「あ、ああ、あれでよかったんじゃあねえのかい」

そのように応えたものだ。

料理人は安堵して板場へ戻っていったが、五郎蔵は何とも言えぬ寂しそうな表情となり、

「利三郎、おれはもういけねえや……」

ぽつりと言った。

「何がいけねえのです？」

「昨日の膳の献立はおれが決めたってえのに、何だったかまるで出てこねえ……」

「それで今は、あれでよかったんじゃあねえかと取り繕ったってわけで。へへへ、あっしにもよくあることでございますよ」

「いや、お前は今、日々の仕事に追われているから、時にそんなこともあるだろうが、肝心な話を忘れたのを見ちゃあいねえ」

五郎蔵は〝さくらや〟の料理の献立を今までにないくらい充実させてやろうと、このところ意気込んでいた。

それが、昨日自分が立てた献立を、今日覚《はえ》えていないとは、

「やはりお前に仕事を任せてよかったぜ。早えとこお前が元締と呼ばれるようにしなきゃあならねえな」

と、笑い話ですまされぬほどにふさいでしまったのだという。

余計な慰めは言わない方がよいと、

「元締と呼ばれるほど、あっしはまだ貫禄も何も身についちゃあおりませんよ。ちょいと日頃のお疲れが出ただけですよ」

利三郎は、その時はそう言い置いて高輪へ帰ってきた。

人の名や、店の屋号が出てこなかったりすることは誰にだってある。

五郎蔵も、たった今の出来ごとなので衝撃を受けたのかもしれないが、そのうちに物忘れとも上手に付合い、いつもの元気を取り戻してくれるだろうと、利三郎は思っていたのだが、

「女将さんの店に、そんなにしょっちゅう出かけているとは思いもよりませんでしたねえ」

五郎蔵は思いの外に、己が老いを深く受け止めているのかもしれないと、利三郎は嘆息した。

「まあ、あたしの店で半刻ばかり一杯やるのが気晴らしになるのなら、いつでも来てくだされば好いんですがね」

外へ出て少しはしゃぐことで、五郎蔵は活力を取り戻そうとしている——。

それならいくらでもお相手をさせてもらいましょうと、お夏は胸を叩《たた》いたものである。

利三郎はふっと笑って、

「そのうち何か頼みごとをしたりするかもしれませんが、そん時はよろしくお頼み申します……」

お夏に頭を下げた時、鯰を油で揚げた一皿が、部屋へ運ばれてきた。

四

榎の利三郎の読みは当っていた。

〝えのき〟へ味見に出かけた二日後に、牛頭の五郎蔵はまた、目黒不動へ参った帰りだと言って、お夏の居酒屋にやって来た。

ちょうど朝と昼の間で、店に客はいなかった。

お夏が清次と共に、いつものように迎えると、五郎蔵はまず、

「そういえば、利三郎が鯰の味見をお夏さんに頼んだようで……」

と切り出した。

「はい。油で揚げたのを、塩と山椒の粉を交ぜたのでいただきましたが、あっさりとしておいしゅうございました」

お夏はにこやかに五郎蔵を見た。

「それは何よりでした。利三郎は何か言っていませんでしたかな?」

「はい。元締が何か頼みごとをするかもしれないので、その時はよろしくと」

「ははは、あの男もなかなかしっかりとしてきたようですな」

五郎蔵は、お夏がはっきりと応えたのが嬉しかったようで、

「これで頼みやすくなりました」

好々爺然《こうこうや》として、大きく頷いてみせた。

「ふふふ、いきなり頼みごとをするのも気が引けるので、まず地ならしに何度も訪ねてくださったのですか?」

「ははは、お夏さんには敵いませんな」

「元締ほどのお人が、あたしに何の気遣いがいるものですか。何なりとお申し付け

くださいまし」

牛頭の五郎蔵からの頼まれごとならば、こなせばこなすほどに、自分の誉れとなると、お夏は思っている。

「生きている間に確かめておきたいことが幾つかありましてね」

「生きている間などと、元締らしくもない……」

「いやいや、もうわたしも随分とやきが回ってきたようだ。まだまだ何でもできるなんて考えていると大変なことになりますよ」

「そうでしょうかねえ」

「物ごとには引き時というものがある。わたしにとって、それが今というわけです。思い残すことのないようにしておきませんとな」

「あたしに務まることですか?」

「お夏さんでないと、頼みにくいことなのですよ」

「それは冥利でございます」

「ちょいと照れくさい話でしてね」

「ますます楽しみでございます」

お夏と五郎蔵はふっと笑い合った。

「清さんも一緒に聞いておくんなさいな」

「あっしにとっても冥利につきます」

清次は店の縄暖簾を下ろして、一旦店を閉めた。

その間にお夏は、冷や酒を茶碗に注ぎ、五郎蔵に出した。

「やはりこの店は居心地が好い……」

五郎蔵は、満足そうに酒で喉を潤すと、

「わたしにも、若い頃がありましてねえ。ははは、当り前のことですが……」

楽しそうに笑った。

お夏は、子供の悪戯を咎《とが》めるような目を向けて、

「若い頃……。浮いた話がたくさんあったのでしょうねえ」

「いやいや、ひとつだけでした」

五郎蔵は、ほんのりと顔を朱に染めて、

「お花《はな》という女がおりましてねえ……」

若き日の恋を物語ったのである。

五

五郎蔵は、高輪牛町《うしまち》に牛持人足の子として生まれた。

子供の頃から利かぬ気で、理不尽には身を挺して立ち向かう、勢いのよい男であった。

しかし、腕っ節が強い五郎蔵は、十五の時に喧嘩《けんか》の助っ人に請われて、そこで派手に立廻《たちまわ》り、町を離れねばならぬことになる。

その喧嘩で死人が出て、何人かが罪に問われたからだ。

若い五郎蔵の先行きを案じた牛持人足達は、気を利かせて五郎蔵を旅に出してくれたのだが、三年後に帰った時には親は亡くなっていた。

すぐに牛持人足に戻ることもままならず、五郎蔵は知り人の許を転々として暮らすうちに、料理人を目指したいと思うようになった。

旅先では色々な土地で食べた料理が、五郎蔵の孤独や不安を和らげてくれた。

江戸に戻ってからは、皆が気を遣って美味《うま》い酒と料理を振舞ってくれたから、

「人にうまいものを出して、喜んでもらえたら何よりだ」

という想いが募ったのだ。

おまけに料理人は、鯔背《いなせ》で男振りが好い。

手先は器用な方で、母親は既に子供の頃に亡くなっていたので、ちょっとした料理は自分でこなせたし、

「お前が飯の仕度をしてくれると、随分とありがてえや」

などと、父親や仲間からよく言われたものだ。

それで、あれこれと五郎蔵の面倒を見てくれていた、弁天の禄右衛門《ろくえもん》という俠客に想いを打ち明けると、

「なるほど、それも好いなあ。よし、おれに任せておきな」

料理屋で修業出来るようにと、口を利いてくれたのである。

「だがなあ五郎蔵、一人前になるには何ごとも辛抱が大事だ。お前はもう十八だから、意地の悪い兄貴分に腹が立つことだってあるだろう。そうだといって、いちいち腹を立てていても始まらねえ。そこをしっかりと分別しなよ」

禄右衛門は五郎蔵をそのように諭しつつ、品川洲崎《すさき》の〝梅井〟という料理茶屋に

連れていってくれた。

ここで五郎蔵は洗い方を務めることになった。

禄右衛門が言った通りであった。

十八から修業をする五郎蔵には、あれこれと試練が待っていた。

修業を始める時は、何も知らない見習いである。

古参の者に訊ねぬとわからないこともある。

そんな時は、

「おお、そうだったな。お前はまだ知らなかったのかい」

親切に教えてくれる者もいるし、

「何でえ、お前はそんなことも知らねえのかい。いちいち訊かねえでも、見て覚えねえか、のろまな野郎だ」

と、詰《なじ》る者もいる。

こういう奴ほど、見て覚えろと言いながら、決して手の内を明かそうとはしない。

小僧の頃から修業していれば、そんなものだと諦めるだろうし、相手も子供と思って加減してくれるかもしれない。

だが十八となれば相手も遠慮しないし、自分の反発も大きくなるというものだ。

それでも、禄右衛門が時折店を覗いて励ましてくれたし、五郎蔵とて彼の意見はもっともだと思っていたから、腹の立つことがあっても受け流し、修業に励んだ。

料理人として一人前になり、いつか小さな店でいいから料理屋を開くのだ。

その想いに加えて、彼を支えてくれたのが、お花という女中であった。

彼女も既に二親を失い、十二の時から〝梅井〟で育った。

歳は十六になり、快活でふくよかな容姿は、料理屋に相応《ふさわ》しいと評判がよく、誰からも好かれていた。

お花は、洗い方の仕事をよく誉めてくれた。

「お皿やお鉢がいつだってきれいに揃《そろ》っているのは、うちの店くらいのものだって話をよく聞くわよ」

彼女の屈託のない笑顔を見ると、五郎蔵の心は和んだ。

お花も、新入りのわりに万事において風格がある五郎蔵が珍しいのか、

「どんな時でも慌てないのは、何かこつがあるの？」

などと訊ねてきたりした。

「さあ、洗い物が千枚きたって、命まではとられねえ……。そう思うことかな」

五郎蔵がそんな風に応えると、

「なるほどね、五郎蔵さんの言う通りだわ」

お花はいつも真剣に頷いてくれた。

その姿も愛らしく、五郎蔵はいつしかお花に心惹かれるようになった。

お花も五郎蔵を、

「好いたらしい人」

と思うようになり、すぐに二人は恋に落ちた。

住み込みで働く二人は、顔を合わせることは多くとも、なかなか一緒にいられる時はなく、密かに隙を見て言葉を交わすくらいしか出来なかったが、それだけで幸せであった。

話が出来る時は、

「いつか二人で店を出して、毎日おもしろい献立を考えようじゃあねえか」

と、自分で考えた献立を言い合い、想いを深め合った。

しかし、そんな二人の様子を見て、頬笑ましく思う者もいれば、やっかむ者もいる。

「何でえお前は、女中とちちくり合っているんじゃあねえや」

と、悪し様に罵《ののし》る者もいた。

そ奴は、以前から五郎蔵に辛く当る煮方の男で、相手にしないでおくとつけ上がり、

「お花もあの調子じゃあ、客に色目でも使って稼いでいるのかもしれねえなあ」

自分が惚《ほ》れていたのに、お花の心が五郎蔵に向いているのが気に入らず、こんな雑言を吐くようになった。

自分のことを言われるのは仕方がないが、お花を貶《おとし》めるのは許せない。

ここに至って五郎蔵の我慢の糸が切れた。

「おい、手前《てめえ》、それほどまでにおれと喧嘩をしてえなら、買ってやろうじゃあねえか。やい！　おれは手前に奉公しているんじゃあねえし、飯の一粒も恵んでもらった覚えはねえや！」

と啖呵《たんか》を切ると、傍らにあった鉄鍋でそ奴の頭を割り、裏庭へ引きずり出して、足腰立たなくなるまで殴りつけたのだ。

〝梅井〟の主人は、煮方の男の素行の悪さを日頃から快く思っておらず、五郎蔵を

不問にしたが、

「あっしは、禄右衛門の兄ィの顔を潰しちまいましたし、煮方の兄ィをあんなに痛めつけちまったのは、どう考えたっていけません……」

五郎蔵は主人に詫《わ》びて店を出た。

するとお花も、

「五郎蔵さんは、わたしのことで怒って喧嘩をしてしまったのです。責めはわたしにあるのでございます」

と、涙ながらに主人に詫びたものだ。

お花には前借もなく、年季も終っている。

このまま店にいても、奉公し辛いであろうと、主人はお花に暇をとらせて、高輪大木戸の休み処へ女中奉公が出来るようにしてやった。

禄右衛門は五郎蔵を叱らず、

「お前はお花坊のために怒ったんだ。喧嘩っぷりも大したもんだ。話を聞いて、おれも鼻が高《たけ》えや。なに、ここで修業を続けねえでも料理屋は出せるさ。しばらくはおれのところにいて、お花坊とよろしくやりな」

と言ってくれたのだ。

五郎蔵は夢心地であった。

お花は通い奉公であったから、二人で会える時が出来た。

禄右衛門の家に居候をしながら、五郎蔵は人足仕事などをこなし、お花と会っては、いつか二人で開く料理屋の夢を語り、その時のための献立を考えた。

「何でえこいつは、木の芽田楽《でんがく》に、やっこ豆腐、油揚げの網焼き……。おいおい、豆腐ばっかりじゃあねえか」

「ふふふ、本当ね。でも、お豆腐好きには堪《たま》らないわよ」

「それもそうだな。今日は豆腐尽くしでございます……。なんてよ」

「やっぱりいけないかしらね。ふふふ……」

日々こんな話をする二人は幸せであった。

しかし、惚れ合った者同士が、必ずしも一緒になれるとは限らぬのが、若き日の残酷と言えよう。

ある日のこと。

五郎蔵の恩人である、弁天の禄右衛門が大怪我《おおけが》を負う事態が発生したのである。

六

「禄右衛門の兄ィは、喧嘩の仲裁に入ったのですよ。それが気にくわねえと、牛頭一家の若い衆が五人がかりで痛めつけたわけですな」

「それが元締は許せなかったのですね」

「そういうことです。禄右衛門の兄ィは、何も悪いことはしていない。酒の上の喧嘩で、一人相手に殴る蹴るをしていた連中を見かけて、間に入ったのですからねえ。それが気に入らねえと〝時の氏神〟に乱暴を働くとはとんでもねえことだ」

「元締はその仕返しを？」

「ええ、五人が飲んでいるところへ乗り込んで、暴れ回ってやりましたよ」

「無茶なことをしたもんですねえ」

「まったく堪《こら》え性のないことでした。だが、兄ィには命をかけるだけの義理がありましたからねえ」

「でも相手は五人でしょう」

「ですから不意を衝いて、棒切れで叩きのめしてやりましたよ」

「それはまた後が大変ですね」

「ええ、相手は品川じゃあ名の知れた、香具師の一家の若い衆ですからねえ。このままじゃあすまされねえだろうと腹を括っておりましたら、そこへ牛頭一家の元締がやって来て、〝話はみな聞いた。今度のことはうちの若えのが悪かった。お前の兄ィに詫びに行くから案内してくんな〟とね」

「その元締が先代の……？」

「そうです。わたしは何て道理のわかったお人だと、もうすっかり惚れ込んじまいましてねえ」

「先代も、五郎蔵さんに惚れ込んだのでしょうねえ」

「お前は好い男だと、気に入ってくださいましたよ」

「なるほど、そうでしたか……」

お夏は清次と顔を見合い、頷き合った。

牛頭の五郎蔵は、それがきっかけで生まれた。それはもはや訊かずともわかる。

五郎蔵は、ともすれば命の危険が伴う稼業に身を置く者の心得として、女房子供は持たなかったと聞き及んでいる。

二人で小さな料理屋をやろうと誓い合ったお花とは、その後に五郎蔵が牛頭一家の身内になったことで疎遠となったのであろう。

以前、お夏は五郎蔵から、

「親に逸《はぐ》れ、腹を減らした子供がぐれてしまうのを、誰が責められましょう。そんな子供を情のある大人にするのが、わたし達の務めだと思っておりますよ」

と、聞かされた。

それゆえ人情や俠気《きょうき》のない者が、香具師の元締などになれば、荒んだ世の中になる。気をつけねばならないと自分に言い聞かせてきたと。

先代はその資質を五郎蔵に見つけ、自分の跡目を継がせようと、傍から離さなかったのに違いない。

五郎蔵は、男と見込んでくれた先代の想いに応えんとして、自分のささやかな幸せを断ち切ったのだ。

お花は自分などと一緒にならずとも、いくらでも女房に望む好い男が現れるであろうと、渡世人の自分勝手な理屈に我が身を押し込みながら——。

別れ行く、若き日の五郎蔵とお花の話を聞くのは野暮というものだ。

「それで、お花さんはそれからどうされたのです？」

お夏は話をいきなりそこへ持っていった。

さすがはお夏だと、五郎蔵は、満足げに頷いて、

「お前さんはどこまでも、人のために生きるつもりなんですね、などと恨み言を口にしながらも、お花もわたしを思い切って、やがて嫁いでいきましたよ……」

相手は子連れの料理人で、谷中《やなか》に小さな料理屋を開いたという。

「そこへは行ったことがあるんですか？」

「いや、噂は聞いたものの、会えば未練も募るだろうと一度も行ったことはありません」

「その店はまだ……？」

「同じところにあって、今でも開いているとのことです」

「でも、お花さんが今どうしているかは、わからないのですね」

「はい。調べればすぐわかるのでしょうが、何やらそれを知るのが恐ろしくてねえ……」

「ではあたしが行って参りましょう。どんな料理を出しているのか、お花さんは達者にしているのか、もしも何か困っているようなら、そっと手を差し伸べたい。そんなところですか？」

「わかりますかな？」

「はい。男はそういうものの考え方をするものです」

「女は違いますか」

「さあ、あたしは恨みつらみの他は、昔のことを確かめてみようとは思いません。ましてや、そっと手を差し伸べようなんて……」

「なるほど、今が大事ですか」

「はい。今、自分に構ってくれている人のことを考えていたいと思います。昔に遡っていては、身が持ちませんから」

「女はそれでよろしい。だが昔のことを気にかけるのが男の務めでしてな」

これには清次が神妙に頷いた。

「ああ、男は大変ですねえ……」

お夏は溜息をついた。

日頃は、荒くれ相手に大声を張りあげているが、五郎蔵の前では小娘のようにはしゃいでいられるのが、彼女にとっては実に心地がよいのだ。

お花の店を訪ねるのが、今から楽しみになってきた。

「よくわかりました。そんなら元締、明日さっそく行って参りましょう」

お夏の声はいささか弾んでいた。

「お願いできますかな」

「お安い御用でございます。それで、そのお店の名は？」

「店の名は……」

五郎蔵は少し恥ずかしそうに、

「〝さくらや〟……。わたしの旅籠と同じでしてな」

と、告げた。

七

〝さくらや〟という料理屋は谷中の吉祥院前にあった。

この辺りは根岸《ねぎし》から続く、風光明媚な地で、風流を楽しみながら歩き疲れた遊客が、ちょっと休息するのにちょうどよい料理屋であった。

五郎蔵はいつかお花と料理屋を開いた時、屋号は〝さくらや〞にしようと決めていたという。

お花の名に因《ちな》んで、〝さくら〞が好いと話していたのだ。

まだ店も持てぬうちから、屋号や献立を考えるのが、二人にとっては至福の時であった。

牛頭一家にあって、めきめきと頭角を現した五郎蔵は、やがて旅籠を一軒手に入れ、表の顔とした。

彼は、迷うことなく屋号を〝さくらや〞として、旅籠で出す料理の献立を考え、時には自ら板場を手伝ったものだ。

そこに、果せなかったお花との夢を垣間見て、彼女への想いを込めて、〝さくらや〞の旦那になったのである。

そして、風の便りにお花が料理人と所帯を持ち、谷中に〝さくらや〞を開いたと耳にした時は胸が熱くなったという。

すぐに頭に血を上らせて、義理だなんだと叫びながら、大切にすべき女の存在を忘れて喧嘩に走る。

そこで命を助けられるとまた義理を覚え、ずるずると渡世人の道へ突き進み、

「こんな馬鹿な男は思い切って、まともな男と、まっとうに暮らしてくんな」

などと勝手なことをほざいて離れていった五郎蔵であった。

そんな男と考えた〝さくらや〟という名を、お花は自分の店の屋号としてくれた。

お花もまた、自分が旅籠の屋号を〝さくらや〟としたことに気付いてくれているであろうか。

すぐにでも駆け付けて、礼を言いたい想いであったが、立派な亭主と暮らすお花を、自分のような渡世人が訪ねてはいけない。

――いつか老いぼれた時に会いに行けば、笑って許してくれるだろう。

そのように考えて気持ちを抑えてきたのだが、

「昨日考えた献立が出てこなくなったのです。いよいよ、その日が来ましたよ」

それでもいきなり行くのは気が引ける。

牛頭一家に関わる者ではなく、誰よりも頼りになるお夏に、まず様子を見てきて

くれという五郎蔵の想いが何とも切ない。

この日のお夏は、商家の後家風の装いであった。

亡夫の跡を継いだ頼りない息子を後見しつつ、時に駕籠を呼んで、息抜きに遊山へ出かける。

そういう女を演じていた。

小桜を散らした柄の暖簾を潜《くぐ》ると、入れ込みの座敷があり、席は衝立で仕切られている。

二組ほどの遊客が、昼下がりに遅めの中食《ちゅうじき》を楽しんでいた。

「いらっしゃいまし……」

他の客に届かぬくらいの上品な声で、女中がお夏を迎えた。

「奥にお座敷もございますので、どうぞそちらへお上がりください」

女中は、お夏の風情を見てとり、駕籠を外に待たせて一人でふらりと立ち寄ったのではないかと察したようだ。

それならば土間に続く座敷へ案内しようと考えたのは気が利いている。

「そうさせてもらいましょう」

お夏は、はきはきとした口調で応え、小座敷へと上がった。

老舗料理茶屋のような凝った造作ではないが、部屋には置床もあり、水墨画が掛かっていて、窓から見える景色も、花鳥風月に富んでいる。

どことなく高輪南町の〝えのき〟を彷彿《ほうふつ》させるのは、かつて五郎蔵とお花が思い描いた料理屋の造りが反映されているからかもしれない。

お夏は女中に心付けを握らせると、

「あまりお腹は空いておりませんので、お酒をほんの少しだけ、それと小鉢物にお吸物でもいただきましょうかねえ」

と、頼んだ。

酒と料理はすぐに運ばれてきた。

白魚の玉子和えと雑煮が出てきた。

女中は塗りの銚子《ちょうし》の長柄を品よく手に持ち、静かに盃《さかずき》に酒を注いでくれた。

料理は悪くなかったが、五郎蔵の言う、

「味付けに工夫が多すぎる……」

ような気がした。

お花が五郎蔵と同じ好みであるとすれば、亭主の味付けに口は出さなかったのかもしれない。

そんなことを思いつつ、お夏はいよいよ女中に、

「こちらはもう長くこの場で、店を開いているようですねえ」

と、問いかけた。

「はい。わたしはまだこちらに上がって三年ばかりでございますので、よくは存じていないのですが……」

女中は三十絡みで、しっかりとした立居振舞を見ると、いくつかの店で奉公して、請われてこの店に来たと見える。

「確かこの店の女将さんは、お花さんというお人ではなかったかと」

「お花さん……」

女中は首を傾げると、

「それは以前こちらに住んでおられた女将さんのことでございましょう」

やがてにこやかに応えた。

「以前?」

「わたしが伺ったところでは、十年ほど前にこちらの料理人であった旦那様がお亡くなりになって、女将さんは今の旦那様に、店をお譲りになったとか」

「では、代が替わり、人も替わったということですか？」

「はい。でも〝さくらや〟の名は、そのまま引き継がれたようでございますねえ」

「ああ、そうだったのですか……」

「どうも、それが譲られる時の決めごとになっていたようで」

「お花さんは、余ほどこの名に思い入れがあったのでしょうねえ」

「はい、そのようでございます」

「でも、確かに好い名ですねえ、〝さくらや〟というのは」

「わたしもそう思います」

「その後は、どうなさったのでしょうねえ、お花さんは……。いえね、わたしの知り人が、昔〝さくらや〟のお花さんに、あれこれとお世話になったと聞きましてねえ」

「左様でございますか。そういうことでしたら、もう少し話のわかる者に訊ねて参りましょう」

心付けが利いたのか、女中はそれから店の古株に訊ねてくれた上に、仕舞いには店の主人までが挨拶に来て教えてくれた。

それによると、お花は板場を仕切っていた亭主を亡くすと、もう自分では切り盛り出来ないと思ったようで、店を譲り渡し、娘の許へ身を寄せたという。

娘というのは亭主の連れ子で、腕の好い大工に見初められて嫁ぎ、旦那を支えつつ小さな掛茶屋を営んでいた。

お花はその茶屋を手伝いながら、幸せに暮らしていたらしいが、今の〝さくらや〟の当主は、その後お花との縁も途絶えている。

それゆえ、今どうしているかまではわからないと、主人は申し訳なさそうに言ったものだ。

「何やらお騒がせしてしまいましたねえ」

お夏は少し拍子抜けがする想いであったが、そこまでわかれば長居は無用と店を出て、

「この上は、元締にお出ましを願いましょうかねえ」

早春の空に呟いた。

八

お花が身を寄せたという掛茶屋は、池之端《いけのはた》にあった。

茶屋は池に面しており、生垣を境に建つ借家が、お花の生さぬ仲の娘・お栄《えい》が亭主と暮らす家らしい。

牛頭の五郎蔵は、お夏から報せを受けて、この日の昼前にここへやって来た。

色んな修羅場を潜り抜けてきた五郎蔵も、前夜は眠れなかった。

――もっと早くに〝さくらや〟を訪ねればよかった。

という想いと、

――お花は幸せに暮らしてくれていたようだ。亭主を看取って、生さぬ仲の娘の許に身を寄せているのなら、これほどのことはないだろう。

娘はお花に懐き、嫁した後も養い親を呼び寄せたというのは、余ほどお花を慕っていたのに違いない。

娘の亭主は、腕の好い大工だそうな。

女房の養い親と暮らすのを厭《いと》わぬのだから、亭主もやさしい男であるはずだ。掛茶屋をしているのなら、お花もこれを手伝い、日々退屈もしていまいし、何不自由なく過ごしているはずだ。

自分などがしゃしゃり出るまでもないことであろう。

——これでよかったのだ。

しかし、十日分くらいの献立ならば、つい先頃まで空で言えた自分が、昨日の分が口から出てこなかった。

お花との思い出を忘れてしまわぬうちに、一目会って昔誓いを破ったことを詫びておきたい。

今の老いぼれた自分を見たら追い返しもしまい。

亭主は亡くなった。娘も生さぬ仲ゆえ、自分に剣突を食らわせたりはしないだろう。

自分の人生の締め括りは、それですべて終る。

もういつ死んでもよいと得心がいけば何よりだ。

妻子は得られなかったが、それなりにおもしろい一生ではなかったか——。

五郎蔵は高鳴る胸の内を、自分にそう言い聞かせることで鎮めながら、今日もまた天助一人を供に連れ、ここまでやって来た。

「一刻（約二時間）経ったら迎えに来ておくれ」

そして、〝ふらりと一人〟にこだわって、天助を山下辺りで遊ばせ、掛茶屋の床几《しょうぎ》に腰かけたのである。

掛茶屋には先客が数人、思い思いに座っていた。

その中には、いつもの〝くそ婆ァ〟の装いで、お夏が茶を飲んでいた。

またその向こうの隅には、苦味走った職人風の清次がいて、煙草《たばこ》盆を脇に置き、ゆったりと煙管《キセル》を使っている。

五郎蔵は、来てくれるだろうとは思っていたが、

――念の入ったことだ。

と、ありがたがって、ちらりと二人に目をやってにこやかに頷いた。

「いらっしゃいまし……」

色白でふくよかな女が、湯釜の向こうからやって来て、五郎蔵に小腰を折った。

「ああ……」

五郎蔵は、目の前にお花が現れたかのような心地がした。

――ふッ、まさかそんなはずがあるまい。

お花は自分より二つ下であったから、彼女もまた老人になっている。

とすれば、この女が生さぬ仲の娘なのに違いない。

自分を見つめる老人に戸惑ったのか、茶屋の女は、きょとんとした顔をした。

「これは申し訳ない……。近頃、声をかけられても、すぐに返事ができません。歳はとりたくありませんな」

五郎蔵はまずそう言って、女を和ませると、

「お茶に、草団子をひとついただきましょうかな」

と告げた。

通りすがりの年寄りを演じているつもりでも、牛頭の五郎蔵の貫禄は隠しようがない。

女はおもしろいお人だと破顔して、

「はい。すぐにお持ちいたします。ほほほ、そんなお歳にはまるで見えませんが……」

そう応えて、茶を淹《い》れに行った。

五郎蔵は不思議な気持ちがした。

女がお栄であるのは疑いもない。

物言いや、ちょっとした仕草、着物の着こなしや、前かけの色柄など、お花にそっくりなのである。

しかし、娘との間に血の繋《つな》がりはないはずだ。

幼い頃に新たな母となったお花を、娘は実の母以上に慕ったのであろう。彼女にとっては自慢の義母の真似《まね》をすることが、大人になる近道であったのかもしれない。

五郎蔵の胸は躍ってきた。

お花は今どこにいるのだろう。

働き者の彼女のことだ。すっかり家の内に引っ込んではいないはずだ。

――お花は驚くだろうな。

こんな老いぼれた自分を見て、何と思うであろう。

お花もまた、婆《ば》ァさんになってしまった姿を五郎蔵に見られて恥じらうだろうか。

五郎蔵は、落ち着かずに辺りを見廻したが、お花らしき老婆は見当らなかった。

「お待たせいたしました」

お栄と思しき女が、茶と草団子を盆に載せ、再び五郎蔵の許に現れた。

五郎蔵は、かくなる上はと、

「お栄さん……、ですね……」

と、声をかけた。

「はい……」

お栄は、見覚えのない老人が自分の名を呼んだので、怪訝《けげん》な表情となった。

「おっ母《か》さんの名はお花さん、だねえ」

五郎蔵は、茶を一口啜《すす》るとさらに続けた。

「母をご存知なのですか?」

お栄は五郎蔵をまじまじと見た。

彼女の頭の中で何かが閃《ひらめ》いたように、お夏と清次には見えた。

五郎蔵は、はにかみながら、

「ええ、もう随分と昔のことですが……」

と、軽く右手の指先で額を叩いてみせた。

言い辛いことを言う時の、それが五郎蔵の癖なのだ。

その刹那、お栄は目を見開いて、

「もしや……、品川の五郎蔵さんでは……?」

と言った。

「わたしのことを、お花さんから……」

五郎蔵の声は上ずっていた。

「はい……、お聞きしておりました……」

お栄の目から、たちまち涙が溢《あふ》れ出した。

「いつか……、いつか、店を訪ねておいでになるかもしれないから、気をつけてくれと……。その人は小柄だけれど、誰よりも貫禄があって、やさしい目をしていて、照れるとおでこを右の手の指先で、とんとんと叩いて……」

後は言葉にならなかった。

五郎蔵は、お栄を隣に座らせると、神妙な面持ちとなり、がっくりと肩を落した。

お栄の様子を見ればわかる。

お花は既に、この世を去ったのだと——。

知らぬふりをしつつ、そっと見守っていたお夏と清次はやり切れず、それぞれがじっと空を見つめた。

或《あ》いはそのようなこともあるかと思ったが、谷中の今の〝さくらや〟の主人の口ぶりからすると、今も健在だと、お夏は思い込んでいた。

そうあってほしいという想いが、強かったからであろう。

「そうでしたか。お花さんはわたしよりも先に……。老いぼれて、何もわからなくなる前に、一目会いたいと思ったのですが。ははは、何と間の悪いことだ……」

しみじみと語る五郎蔵は、お栄が落ち着くのを待ちながら、

――お前は好い娘に育てたのだねえ。

瞼《まぶた》に浮かぶ、若い頃のままのお花に、心の内で話しかけていた。

九

お花は三年前に死んだそうな。

亭主が生きている間は、一度も五郎蔵の名は口にしなかったし、ひたすら尽くし

たという。

　だが、店の屋号を〝さくらや〟にすることだけは譲らなかった。

　料理人の亭主は、幼い子を抱えて途方に暮れていた自分の女房となって子を育て、店を切り盛りしてくれたお花には頭が上がらず、

「お前が思うようにしてくれたら好い」

　と、すべてを任せたという。

「お父《と》っさんは、男振りも悪くて、料理を拵えることしか取り柄のない人でした。おっ義母《か》さんは、気立ても縹緻《きりよう》もよくて、わたしの憧れの人でした」

　お栄は楽しそうに、お花について語った。

「何でも真似をしましたか？」

「はい」

「お前さんは実に、お花さんによく似ていますよ」

　五郎蔵がお栄を見て頰笑むと、

「左様でございますか。嬉しゅうございます。いつも本当の母娘だと、人からは思われておりました」

彼女は目を輝かせた。

「お父っさんが亡くなってしばらくしてから、わたしはよくおっ義母さんに、お父っさんと一緒にならなくても、女房になってくれという男《ひと》は大勢いたのでは、と訊ねてみたのですが、おっ義母さんは笑ってばかりで……」

お栄としては気になる。憧れのお花は引く手数多《あまた》でなければならない。だからこそ自分の母親になってくれたことを誇りに思えるのだ。

それで、お花の昔を知っていそうな人を見るとこっそり訊ねた。

「すると、わたしの名が出てきたのですね」

「はい。おっ義母さんは昔、五郎蔵という男伊達の人と一緒になるはずであったと……」

「それがとんでもない暴れ者でしてねえ。調子に乗って、のっぴきならないことになってしまったのですよ」

「いいえ、五郎蔵さんはやがて牛頭の元締となって、誰からも慕われ、品川から高輪にかけて、悪く言う人はいないとお聞きしました。わたしは嬉しくなって、おっ義母さんに話しました」

「おっ母さんは、さぞ困った顔をしたでしょうな」

「恥じらっていましたが、観念して話してくれました。自分のことを何よりも大切に思ってくれた人だった。だからこそ、自分を女房にはしなかったのだと……」

「その頃は、いつ命を投げ出さないといけなくなるか……。そんな想いで暮らしておりましたからねえ」

「お蔭でわたしは好い亭主と、かわいい娘をいっぺんに持つことができた。穏やかな暮らしを送れた。ありがたい人だったと、申しておりました……」

「わたしを恨んではおりませんでしたか」

「とんでもないことでございます。〝さくらや〟という旅籠を開かれたと知った時は、嬉しかったと……」

五郎蔵の目が光った。

「お花さんはそのことを知っていたのですか？」

「はい、口には出しませんでしたが、随分前に気付いていたようです」

「そうでしたか……。知っていたのですね……。それを喜んでいたと……」

五郎蔵は声を詰まらせた。

「ははは、わたしが真似をしたので怒っているかと……」

そう言って苦笑いを浮かべたが、真似をしたわけではない。

いつか料理屋を出す時は屋号を〝さくらや〟にしようと決めたのは、二人で話し合った上でのことであった。

お花が嫁した先で〝さくらや〟という料理屋を開いたのは、一度も五郎蔵の名を口にしなかったというお花が、昔の恋の名残を屋号に込めたのだろう。

五郎蔵はそう受け止めた。

彼もまた、己が根城に定めた旅籠に、〝さくらや〟と名付け、お花への想いをそっと示したのである。

――お花はそれをわかってくれていた。喜んでくれたそうな。

五郎蔵はもう思い残すことは何もないと、心を和ませた。

「怒ってなどいるはずはございません。元締をずっと気にかけていたのでしょう。それゆえ、いつか訪ねておいでになるかもしれないから気をつけてもらいたいと、わたしに言い遺したのです」

「そうなのですかねえ……」

五郎蔵はまたはにかんで、軽く右手の指先で額を叩いた。

「はい、そういう癖のあるお方だと……」

「ははは、この歳になってもまだ癖は直るまいと、思われていたのですねえ」

「少々お待ちを。どうかこのままここにいてくださいまし」

するとお栄は慌しく床几から立ち上がり、生垣の向こうの家に走っていった。

それが五郎蔵にとってはありがたかった。

どっと涙が込みあげてきたからだ。

——老いぼれが泣きじゃくるところなど、みっともなくて人に見せられるものではない。

近頃、すっかり涙もろくなった五郎蔵は、いつも自分に言い聞かせてきた。

知らぬふりをしながらも、様子を見守っていたお夏と清次は、五郎蔵の気持ちを察し、茶代を置いて店から離れた。

そうして二人で池の端に立つ柳の陰へと身を移したのだが、二人の目許も赤く腫れていた。

五郎蔵は二人の気遣いを知ると、懐から手拭いを出して、溢れ出る涙を拭った。

――会わないでよかったのだ。こんな老いぼれた自分を見たくもなかっただろうし、見せてはいけなかったのだ。

二十歳《はたち》前に知り合い、数年の間青い夢を共にして惚れ合った――。

あの日の二人の姿のまま、互いの記憶に止《とど》めればよかったのだ。

「いえ、わたしは喧嘩っ早くて、何かというと義理が立たない、と叫んでいた五郎蔵さんが、どんな穏やかなお爺《じ》ィさんになったか、この目で見たかったわ！」

心の中に響く、お花の声も若い頃のままであった。

「お待たせしました……」

お栄が息を弾ませて戻ってきた。

その手には、薄く平たい木箱があった。

彼女は一旦それを五郎蔵の横に置くと、慌しく掛茶屋の幟《のぼり》を外して小屋の中にしまい、他に客がいなくなったのを幸いに、床几も五郎蔵が座っているもの以外は端に片付け、俄《にわか》に店仕舞いをした。

そうして、五郎蔵に件の木箱を掲げて見せると、

「もし、お見えになることがあったら、これを渡してもらいたいと、おっ義母さん

から預かっておりました」

　お栄は恭しく言った。

「これをわたしに……？」

　受け取る五郎蔵の手は小刻みに震えていた。

「ははは、玉手箱ですかな。もっとも、開けたところで今よりも歳はとらないでしょうがねえ」

　五郎蔵は、どうしようもない胸の高鳴りをそんな言葉で抑えつけると、蓋をそっと開けた。

　中にはいくつもの書付が入っていた。

「これは……」

　手に取ってみた五郎蔵は、しばし食い入るように、そのひとつひとつに認《したた》められた女文字を目で追った。

　お栄は、目に涙を浮かべながらそれを見ていた。

　書付は、生前、お花が書き残した献立であった。

　料理人であった亡父は、時にはお花に献立を考えるよう求めたが、お花はという

と、

「わたしに聞いても駄目よ。料理がひとつに片寄ってしまうから」

そう言って、断っていた。

「でも本当は、書きためていたものがあったのですねえ」

と、お栄はしみじみと言った。

お栄は、父が亡くなり、お花に五郎蔵との若き日の恋を聞いた後にその書付の存在を知った。

お花がそれを明かさなかったのは、いつか五郎蔵と料理屋を開き、そこで出そうと考えていた献立を、亭主の店で出すのは気が引けたからだ。

五郎蔵との思い出は、〝さくらや〟という屋号だけに止めんとしたのである。

しかし、この献立の書付だけは捨てられず、いつか何かの折に、五郎蔵に渡せたらと思い、簞笥《たんす》の隅にしまっていたのだ。

「これを見せられた時、わたしはすぐにでもこの箱を手に品川へお訪ねしようと思ったものです。でも、おっ義母さんは、それは何があってもしてはならないと、強くわたしに言いました」

どこまでも、添いとげた亭主への操を立てんとしたお花に、お栄は涙したという。

「この書付をわたしに見せた五日後に、おっ義母さんは亡くなりました……」

「そうでしたか……、そうだったのですか……」

書付は随分と色あせていたが、

〝鯉の細作り　田作　むし鯛　鯉の濃漿《こくしょう》〟

〝さし鯖《さば》　天王寺かぶらの味噌《みそ》煮　すくい豆腐〟

〝鮃《ひらめ》細作り山葵《わさび》ぞえ　煎《い》り酒　ちくわと大根の汁〟

など、活き活きとした筆遣いで記された献立が、紙の上で躍っている。

その中には、

〝木の芽田楽　やっこ豆腐　油揚げの網焼き〟

という書付もあった。

「何ですかこれは？　ふふふ、豆腐ばかりじゃないか……」

ここへきて、五郎蔵は堪え切れずにどっと涙を溢れさせた。

「いや、豆腐好きには堪《こた》えられないねえ。ははは、豆腐尽くし、か……」

二人で笑い合った、あの献立だ。

五十年近く経った今も、これだけは忘れていない。

「ありがとう、ありがとうお栄さん……。これは大事にいたします……」

五郎蔵は書付を箱にしまうと、それをきつく抱いた。

そっと見守っていたお夏は、木陰で肩を震わせた。

清次は先ほどからずっと俯《うつむ》いている。

「清さん……」

「へい……」

「元締は、これで死ねる……、なんて思っているのだろうね」

「そんなところじゃあねえかと」

「だが、これを機に、若返ってもらいたいもんだねえ」

「へい、老け込んじまうのは、まだまだ早《はえ》えや……」

「ああ、まだまだ早いよ」

木箱を抱きしめた五郎蔵は、固まってしまったかのように早春の陽光を浴びている。

老いて若き日の思い出に浸る。

その思い出は、純情色に光り輝いている。

「いけないねえ、あたしもまたひとつ歳をとって、何だか涙もろくなっちまったよ」

お夏には、涙に濡れた顔は似合わない。

牛頭の五郎蔵は、まだしばらく床几を立てまい。

「ちょいと池の風に当ってくるよ」

お夏は木陰を出て、池の辺《ほとり》へと歩き出した。

第二話　料理屋

一

「あたしは客を選ばないし、来てくれた人は皆大事にしたいと思っていますがねえ。お前さんはご同業だろう？　もう何度も来ているんだ。名乗りくらいあげたって、罰は当りませんよ……」

今しも代を置いて店を出ようとした客に、お夏はさらりと声をかけた。

その客は、牛頭の五郎蔵が一目で同業と見破った、あの四之橋の袂《たもと》で居酒屋を営む、四十絡みの男であった。

五郎蔵が、かつて恋をしたお花との切ない思い出に、美しき決着をつけた翌日。

件の男はまたお夏の居酒屋に現れたのである。

お夏がこれだけの言葉を投げかけると、相当な迫力がある。

男はどぎまぎとして体を硬くした。

その日はいつもより遅い時分で、不動の龍五郎とその乾分の政吉《まさきち》、車力の為吉《ためきち》、米搗《こめつ》きの乙次郎《おとじろう》といった荒くれの常連が、続々と入ってきたところであった。

こういう連中が一斉に男を見たから、男が緊張するのも無理はない。

「こいつは畏れ入りやす。やはり見破られておりましたか……」

男は頭を掻いた。

「四之橋で、お見かけしましてね」

清次がにこやかに言った。

跡をつけたなどと、清次に言われたら、さらに縮みあがるであろうと、そこは気遣ったのである。

「左様でございましたか。あっしは、四之橋の袂で居酒屋をしております、沖太郎《おきたろう》って者でございます。こちらさんの評判を聞きまして、是非見習いてえと何度かお邪魔をいたしました……」

沖太郎はしどろもどろになって名乗りをあげた。

「ちゃあんとお代を頂戴しておりますからね。お邪魔したなんてよしにしておくんなさいまし。四之橋の沖太郎さんですね。近くへ行った時は、寄らせていただきますよ」

歯切れよく話しかけるお夏の傍で、清次がしっかりと頷いた。

「へ、へい、そいつはどうも、お待ちいたしておりやす。おおきに、おやかましゅうございました……」

沖太郎は這々《ほうほう》の体《てい》で店を出た。

目を丸くして見ていた龍五郎が、

「こいつはいいや！ このくそ婆ァを見習いてえとは、めでてえ野郎もいたもんだぜ！ ははは……」

沖太郎の姿が見えなくなると、大笑いした。

「やかましいよ！ そのくそ婆ァのいる店に、三日にあげず通っているのはどこのどいつだよ」

「おれは清さんの料理を食いに来ているんだよう」

「清さん、この馬鹿に、とりかぶとのおしたしでも拵えておあげ」

名物の口喧嘩が始まると、このところ分別がついてきた政吉が、

「まあでもなんですねえ。見習いてえというなら、小母《おば》さんが言うように、挨拶があってしかるべきだ」

とりなすように言った。

「うむ。そいつは政の言う通りだ。挨拶したって、確かに罰は当らねえや」

龍五郎は、しかつめらしい顔をしてみせて、矛を収めた。

するとその時、店の隅で舐めるように酒を飲み、烏賊《いか》の木の芽和えと、蛤《はまぐり》の小鍋立てに舌鼓を打っていた三十半ばの女が、

「あの……、挨拶をさせていただきたいのですが……」

と、お夏と清次に向かって姿勢を改めた。

「挨拶を……？」

お夏は小首を傾げた。

女は風情が垢抜けていて、黒い羽織を肩にすべらせている姿は、どこか粋筋の後家のように見える。

「わたしも、見習わせていただきたいと思いましてね」

臆さずにこやかに、それでいて控え目な物言いには好感が持て、たちまち店にいる者達の心を和ませた。

龍五郎がしゃしゃり出て、

「てえことは何ですかい、お前さんもご同業ってわけで？」

と、訊ねた。

「はい、麻布の本村町《ほんむら》で〝水月〟という小さな料理屋をしております」

と、立ち上がって小腰を折った。

龍五郎は軽く膝を叩いて、

「〝水月〟……。聞いたことがありやすよ。御薬園坂《おやくえんざか》にさしかかったところにあるのでは？」

「はい」

「好い店だと評判を聞きましたよ。女将さんですかい？」

「はい。こちらの評判を聞きまして、わたしも見習えたらと、お不動さんへのお参りの帰りに立ち寄らせていただきました」

お夏は、いざ名乗りをあげられると、たじろいで、

「そいつはどうも……」

清次と二人でぺこりと頭を下げた。

「そう言われると、何だか調子が狂っちまいますねえ。料理屋の女将さんが、こんな小汚ない店の何を見習いたいのです」

「まったくだ」

「うるさいよ口入屋！」

再び始まった口喧嘩を楽しそうに見ながら、〝水月〟の女将は、

「いえ、形は違っても、お客さんをお迎えする心の根っこは同じでなくてはなりません」

と、感じ入りながら言った。

「そんなむつかしいことは、何も考えちゃあおりませんよ」

「考えていないのに、ここにいる皆さんは、何やらとても楽しそうで……。とにかくそれが大切だと思いまして……」

「なるほどねえ」

お夏が腕組みをすると、またも龍五郎が出しゃばって、

「つまり女将さんは、同じ料理屋でも、客が何の気なしに入れるような店にしてえということなんですか」

「そうなのです。さすがは口入屋の親方ですねえ」

〝水月〟の女将は、ぱっと目を輝かせて龍五郎を称えた。

龍五郎は顔を朱に染めて、

「いや、まあ、年の功ってやつでさあ。ははは、そのうち店へ行かせてもらいますよ。まあ、ここにいる連中は滅多に料理屋には行けませんがねえ、ははは……」

調子よく笑っている。

「嬉しそうな顔をしやがって……」

お夏は龍五郎に呆れながら、四之橋の沖太郎に続いて、本村町の料理屋の女将まで〝学び〟に来るとは、

「清さん、うちの店も大したもんだねえ」

「恐いもの見たさってえのはこのことで」

「ふふふ、近頃はどこも景気が悪いというから、藁《わら》にも縋《すが》りたい想いなのかもしれないが……」

お夏は大きく息を吐いた。

龍五郎の料理に関する蘊蓄《うんちく》は、それからしばらく続いたのであった。

二

〝水月〟の女将は、お蔦《つた》といった。

彼女はすっかりとこの居酒屋が気に入ったようで、〝水月〟の切り盛りもあるだろうに、毎日一度はお夏に会いにやって来た。

牛頭の五郎蔵がこのところ姿を見せなくなったと思えば、今度はお蔦である。

五郎蔵が老いに悩んだように、彼女も屈託を抱えていて、この店に来ることで、いかに気持ちを前に向かせようか、その糸口を摑《つか》まんとしているようにお夏には思えた。

お夏は別段、何を話すわけでもないし、清次は料理については何も語らず、ただ黙々と板場で立ち働いている。

ここに料理屋の女将が来たって、得るものなど何もないだろうが、常連客肝煎の不動の龍五郎と親しくなったので、周囲に気遣うことなく、気の張らぬ一時《ひととき》を過ごせる。

それがお蔦の何よりの休息になるらしい。

お夏の流儀は、余計な詮索は一切せず、店で顔を合わすうちに自ずと客の人となりがわかるようになればよいというものだ。

しかし、お蔦は店に来ると実によく自分のことを語った。

それゆえ、三回目には、お夏もお蔦の人となりや、来し方を一通り知るところとなった。

お蔦は、麻布本村町の料理屋〝水月〟の一人娘として生まれた。

料理屋といっても、老舗の料理茶屋と呼ばれるほどの立派な店でもない。

しかし両親は、この店を一流の料理茶屋にせんと考え、お蔦が十八の時に、腕の好い料理人を婿に迎え、上客の開拓に余念がなかった。

ところが、婿を取った途端に両親は共に病がちになり、お蔦は若女将として、店を切り盛りしなくてはいけなくなった。

それでも親が生きている間は、言われた通りに動いていればよかったものの、お蔦が二十歳の時に母親が、二十五の時に父親が、そして養子の亭主が三十の時に亡くなってしまった。

亭主との間には娘を儲けていて、その時はまだ十二であった。

ここからお蔦の奮闘が始まる。

一人娘が成長した暁には、彼女にも好い婿を取り、父母から続く〝水月〟を大繁盛させるという夢を果さんと決心したのである。

亭主の死に伴い料理人を補充し、顧客を広げんと商いに精を出した。

大繁盛とまではいかなかったが、父母の代からの店の構えを縮小することなく、何とか持ちこたえた。

そして娘も美しく成長し、十七となった。

ところがいよいよ婿取りだと思った矢先、店の常連客の一人であった人形師と恋に落ち、その妻となってしまった。

人形師は若くして名人と謳われる腕を持ち、上方へ修業に行くとのこと。

このまま自分の跡を継いだところで、娘がどれほどの幸せを得られるかは怪しいものである。

それならば、一流の人形師と添わせてやる方がよかろうとお蔦も折れて、娘の思うがままにさせたのだ。

娘に何人か子供が生まれて、その内の一人に料理屋を継がせてもよいというならば考えてもよかろう。

継ぐ者がいなければ、誰かに任せるなり店を売ってしまうなりしてしまえばよいのだ。

そう思うと、お蔦の女将としての意欲は一気に萎《な》えてきた。

孫に譲り渡すまで頑張っていられるものか。

どうせ孫も、小っぽけな料理屋を継ぐつもりはなかろう。

そんな不確かなことに、希望など抱いていられるものではない。

「すぐにでも売り払って、楽になりたいのですがね。奉公人の手前そうもいきませんし、子供の頃から料理屋で暮らしてきましたから、それをやめて何をすれば好いのかもわかりませんでねえ」

お蔦は、余ほどお夏の店の居心地がよく、ここに集う人達が、信じるに足ると悟ったのだろう。

そんな話を居酒屋で、心の赴くままにしたものだ。

お夏と清次は、お蔦の愚痴ともとれる話に、何と応えるべきかわからず、ただ聞き役に徹していた。

親から受け継いだ料理屋を、自分の代で終らせてしまってもよいものか。

お夏の居酒屋のように、日々客との触れ合いを大事にして、自分自身が充実した暮らしを〝水月〟で送ることは出来まいか。

思えば自分は、親から託された店を守りはしたが、何ひとつ発展させられぬままにここまできた。

まだ四十にもならぬのだ。

自分の代で潰してしまったとてよいと開き直って、もう一勝負かけられないだろうか。

お蔦はそんな想いを募らせていて、お夏の居酒屋に通うことでその糸口を見つけんとしていた。

人にあれこれ話すうちに、何かが閃く。

お蔦は本来そういう性質《たち》であったのだが、これまではほとんど〝水月〟に籠ってしまっていて、前向きな答えが得られなかったのである。

通い出して七日目に、彼女は不動の龍五郎を店で捉まえて、

「親方、お武家様は苦しい台所を立て直してくれるお人を、臨時雇いで迎えることがあるとかお聞きしたのですが……」

と、訊ねた。

「ええ、渡り用人とか言いましてね。借金を減らす術を考えてくれたり、掛かりを抑えるにはどうしたらよいか指南をしてくれるわけですねえ」

龍五郎は得意げに応えたものだが、

「そういうお人を、うちに呼んでいただけませんかねえ」

と頼まれて、

「なるほど、それで一勝負をかけようってえんですねえ」

神妙な顔をした。

既に龍五郎もお蔦から、料理屋の先行きに不安を覚えていて、この辺りで巻き返しにかかり、望みのある日々を送りたいのだと、何度も聞かされていた。

「考えてみれば、わたしの店には年寄りがいないのですねえ。料理屋の仕切りに長

年携わってきて、〝水月〟に何が足りないかを、またたく間に言い当てて、あれこれ指南してくれる人がいたらよいのですが」

昨日、お夏の店に六兵衛《ろくべえ》という老人の客がやって来て、龍五郎と楽しそうに言葉を交わしているのを見てお蔦は閃いた。

六兵衛はかつて下駄屋の主人であったのだが子宝に恵まれず、妻と二人で隠居暮らしを品川台町《だいまち》で送っていた。

ところがその妻には早くに先立たれ、失意の中生き甲斐もなく、すっかりとしょぼくれていた。

しかし、これではいけないと一念発起して、かつての経験を生かし、方々の下駄屋を手伝うようになった。

六兵衛は貯えもあるので、僅《わず》かな謝礼をもらえば十分であるし、相手方も人手が足りない折など、気楽に呼ぶことが出来る。

若い連中からすると、自分達では思いもつかぬ助言がありがたく、六兵衛もまた忙しく働くことで老け込まずともすむ。

そんなわけで、生き甲斐をなくしたとしおれていたのが嘘のように、今は元気を取り戻し、あれこれ口を利いてくれた龍五郎には感謝しているのである。

六兵衛の充実ぶりを、横で聞いていたお蔦は、こういう老人が少しの間、うちの料理屋に来てくれると助かると思った。

自分達では気付かなかったことなどを指摘してくれるであろうし、そこから得るものは多いはずだ。

両親が今も生きていてくれたら、どれだけ心強いかと思わぬ日はない。

その代わりとなってくれたら、自分も勢い付くはずだと、お蔦は龍五郎にその想いをぶつけたのだ。

「なるほど、六兵衛さんのような人ねえ。こいつはおもしろいところに気がつきなすったねえ」

「女将さんはどう思います?」

お蔦はお夏にも問いかけた。

「年寄りをうまく使うってえのは好いですねえ。お前さんはなかなか色っぽい後家だから、その方が都合がいいかと……」

「婆ァの言う通りだ。そういうところにも気をつけねえといけねえからなあ」

「だと言ってもねえ……」

お夏は渋い表情となって、煙管を使い始めた。

「何でえ婆ァ、やけに水をさすじゃあねえか」

「料理屋は水ものだからねえ。下駄屋のようにはいかないよ。そんな年寄りが都合よく見つかるかねえ」

お夏は口から煙を吐き出して、頭をひねった。

「見くびるんじゃあねえや。そんなことは百も承知よ。そこを探すのが、口入屋ってもんだ」

龍五郎は胸を叩いてお蔦を喜ばせたが、お夏が思った通り、ちょうどよい年寄りなど、なかなか見つからなかった。

周りをさっと見て、これという者がいなかったら、そこからはすぐに見つかるとは思えない。

「ああ見えて、口入屋は顔がなかなか広いから、二、三日で見つけられないとなれば、ちょいとむつかしいねえ」

お夏は清次にそう言いつつ、龍五郎の奮闘ぶりを眺めていたのだが、

「まあ、お蔦さんが言いたいことはわかるが、そもそも料理屋を僅かな間に繁盛させて、また去っていく、なんて年寄りが……」

いるわけがないという言葉を思わず呑み込んで、清次と顔を見合った。

「いや、一人いますぜ」

「そうだね。いたねえ……」

二人は以心伝心で、同時に一人の老人の顔を思い浮かべていた。

三

「お夏さん、清さん、確かにおもしろい話だし、こんな老いぼれが、楽しみながら人様の役に立つのなら言うことはない。だが、わたしに務まるかねえ……」

二日後の朝。

仕込みの間、店を閉めているお夏の居酒屋に来て、苦笑いを浮かべているのは、牛頭の五郎蔵であった。

お花との恋を、自分の心の内で落着させた後。彼は随分と黄昏《たそが》れていた。

「もういつ死んだとてよい」

そういう想いが彼をやさしく包んでいたのである。

しかし、心が安らかになるのはよいが、五郎蔵はその辺りの老人とは訳が違う。

齢《よわい》、七十になれど、まだまだ体は丈夫で、昨日自分が考えた献立が思い出されなかったくらいで、自信を失われても困る。

まだまだ矍鑠《かくしゃく》として、元締として目を光らせてもらわないと、調子に乗って暴れ出す輩《やから》が出てこないとも限らない。

もちろん、榎の利三郎はもう元締と呼ぶに相応しい器量を備えてはいるが、さらにその次の元締候補を見つけ確かなものにするまでは、五郎蔵に老け込まれるわけにはいかないのである。

その後、利三郎は、

「今はそっとしておきましょう」

と、お夏に話しつつ気を揉《も》んでいた。

それゆえ、お夏が〝水月〟の話を打診すると、

「女将さん、そいつは妙案ですぜ」

と、大いに喜んでくれた。

お夏はそれを確かめた上で、五郎蔵を口説いたのだ。

「お夏さん、わたしを気遣ってくれるのはありがたいが、こんな老いぼれに、今さら何ができますか」

初めのうちは、そんな風に取り合わなかったが、

「今度のことは、牛頭の五郎蔵ではなく、料理屋の仕切りに長けた一人の小父さん……、そういう触れ込みで参りましょう」

などと、お夏に悪戯っぽく誘われると、

「おもしろ尽く、というわけですな」

次第に話に乗ってきた。

香具師の元締であることを隠して、一人の男としてどこまで一軒の料理屋を守り立てられるか――。

五郎蔵はそれを確かめたくなってきたのである。

「但《ただ》し、お夏さん。利三郎や一家の者を寄せつけてもらっては困ります」

あくまでも自分一人で、どこまで出来るのか確かめたいのだと注文をつけて、五

郎蔵はついに引き受けたのだ。

　とはいえ、お夏としてはそのまま放っておけない。

「では、時折はあたしがお客に化けて、元締に会いに行きましょう」

　子供が悪巧みをするように、ニヤリと笑いながら言うと、

「なるほど、それはおもしろそうな」

　五郎蔵の気分もさらに躍ってきた。

　そうして、お蔦との対面を、お夏の店でそっとすることになったのだが、いざ会うとなると、さすがに五郎蔵も不安がもたげてきたようで、

「わたしに務まりますかねえ……」

　を今まさに、連発しているというわけだ。

「大丈夫ですよう。元締、いや、五郎小父さん、これも人助けですからねえ」

　お夏は巧みに五郎蔵を鼓舞した。

「日頃から、晴れがましいところへはお出になりませんでしたから、顔が売れていないので、何かと都合がよろしいようで……」

　不動の龍五郎は五郎蔵と面識があったので、彼にはそっと伝えておいた。

龍五郎はあっと驚いて、

「そいつは悪戯が過ぎるんじゃあねえのか」

と、声を潜めたが、自分はこれといった者を見つけられなかったし、五郎蔵のお出ましとなれば口を噤《つぐ》むしかない。

「婆ァ、お前はとんでもねえことをするな」

ここは憎まれ口でお夏を称えたのだ。

やがて居酒屋にやって来たお蔦が、五郎蔵を気に入らぬはずはなかった。

一目見ればただの年寄りでないのは、料理屋の女将としての勘でわかる。

かつてこの筋で働いていた者ならば、多少くせの強い老人かと思えば、荒波を潜って尚、立居振舞に余裕を覚える五郎蔵に、

「大したこともできませんが、どうかうちの店に来ていただいて、気が付いたことを教えてくださいまし」

即座に願った。しかし、それと同時に、

「ただ、わたしも手間がかかる女将でございますから、もし、暇潰しくらいのつもりでおいでなら、ご遠慮させていただきましょう……」

自分の真剣な想いを、はっきり伝えることも忘れなかった。

するとそれを聞いて五郎蔵もまたお蔦を気に入ったようで、

「いやいや、どうぞこき使ってください。もしや、おもしろ半分で年寄りを働かせてみようなどと思っておいでなら、それこそ遠慮させていただこうかと思っていたところでございます」

と、にこやかに返した。

「お夏さん、好い女将さんに引き合わせてくださいましたねえ。死に土産を拵えてみせましょう」

そしてお夏と清次に深々と礼をすると、その日から〝水月〟で働き始めた。

お夏と清次は、それまで〝水月〟に興をそそられることはなかった。

おもしろい料理屋の女将としてお蔦を見ていたが、あくまでも一人の客として捉えていたからだ。

お夏の居酒屋で一時を過ごし、そこで思い付いたことを、お蔦は自分の店で生かさんとしているのだろうが、日頃の姿を覗き見たとて、自分達にとっては得るものなどないと、二人は思っている。

しかし、牛頭の五郎蔵を送り込むとなれば、様子だけは確かめておかねばなるまい。

場合によっては、〝水月〟を訪ねた後、

「好い人が見つかりそうだったのですが、どうも都合がつかなくてねえ」

と言って断らねばなるまい。

五郎蔵に、〝水月〟での仕事を勧めるのは、お蔦のためでもあるが、何よりもそれによって、五郎蔵にこのところの黄昏から脱け出てもらうためなのだ。

そんなお節介を焼いておいて、〝働き甲斐がなかった〟と言われるようなことがあってはすまされない。

お夏と清次は、五郎蔵を引き合わせる二日前、用があって氷川明神に出た帰りに立ち寄った体にしてお蔦を喜ばせると、〝指南役の年寄り〟が見つかりそうだと匂わせて、料理屋を検分したのである。

店の構えは、高輪南町の〝えのき〟、谷中の〝さくらや〟と同じくらいだった。

しかし、〝水月〟は、入れ込みの席はなく、小部屋ながら、座敷がひとつひとつ独立していて、小体《こてい》な料理茶屋の風情となっていた。

お蔦は、目黒におもしろい居酒屋があり、時にそこで料理屋のあり方を考えているのだと、奉公人達に話しているらしく、皆一様に慇懃《いんぎん》な挨拶をしてくれた。

とはいえ、貧乏人相手の居酒屋の女将と料理人であるから、女中達は物珍しげに二人を見ていたし、板場の男達も挨拶の後は素っけなく、自分達の仕事を続けたものだ。

女中は三人。年増女のお兼《かね》が仕切っていて、おこうが二十歳過ぎ、おきくが十八くらいであろうか。

板場も三人。板前は四十絡みの繁造《しげぞう》に、煮方の千太郎《せんたろう》、洗い方の孝二郎《こうじろう》で回している。

座敷は七部屋あるが、まず客で埋まることはなく、何とかこれくらいの奉公人で足りるようだ。

お蔦は女中三人を手伝いつつ接客に当り、時には板場を手伝い、忙しく立ち働いているという。

家付きの娘で、二親がいて、亭主がいて、娘もいたお蔦であったが、気がつけば自分一人がこの料理屋に取り残されてしまった。

日々、忙しく店を切り盛りしていないと、

「何やら寂しくなってきましてねえ」

店を案内しながら、お蔦はお夏と清次にこぼしたものだ。

こうして見るとほんの半刻ばかりを、お夏の店で過ごすのは、彼女にとっては大事な気晴らしなのであろう。

お夏と清次は、小体ながら石庭の趣のある中庭を見せてもらいつつ、

――ここなら、元締の腕の見せどころもあるだろう。

と、目で確かめ合った。

料理屋、料理茶屋というところには、それほど縁はないものの、かつてはお夏の父・相模屋長右衛門が、

「うめえもの、気の利いた心くばりってものを、ようく覚えておきな」

と、好い店に二人を連れていってくれたので、それなりに目は肥えている。

五郎蔵なら、ここのよいところと悪いところをすぐに見極めて、僅かの間に、

「〝水月〟は近頃、やけに気が利いてきましたなあ」

「一度、大事な客を連れていってみましょうかねえ」

そんな声が聞こえるようにしてのけるであろう。

その時、牛頭の五郎蔵は、新たな力を得るのである。

こうして五郎蔵はお夏と清次の期待を背負い、〝水月〟で働き始めたのである。

四

五郎蔵は〝水月〟の帳場を務めた。

彼がまずお蔦に伝えたのは、

「わたしを鳴り物入りで迎えたとは、言わずにいてください。知り合いのおやじが暇そうにしていたので、今日から帳場を手伝ってもらう。そのように紹介してくださいまし」

ということであった。

〝水月〟の奉公人達は、お蔦の信頼を得て、皆それなりに〝水月〟を盛りあげていかんとする想いがあるだけに、自分の加入によってそれを逆なでしたくなかったのだ。

五郎蔵は、牛頭一家の者には一切これに関わらぬようにと厳命していたが、ひとつだけ乾分にさせたのは、自分の住まいの用意であった。

お蔦は、〝水月〟の内に用意すると言ったが、いくら老いぼれとはいえ、いきなり帳場に入ってきた年寄りが住み込むのは気が引けた。

それゆえ、すぐに一家の者を走らせ、近くの寺の僧房に住まいを確保したのだ。

五郎蔵の気遣いは、早くもお蔦の心を捉えていた。

お蔦はまず奉公人達を集めて、言われた通りに彼を紹介し、五郎蔵は一人一人に如才なく挨拶をしたものだ。

そして、お夏から何げなく聞かされていた〝水月〟の様子を元に、彼は既にそれぞれ上手に付合えるよう、接し方を決めていた。

お蔦の目からは、

「ただ者ではない」

と見える五郎蔵であったが、どこまでも控え目で、物静かな態度を崩さなかったので、

「この小父さんが指南役なのか」

と、奉公人達はいささか拍子抜けした様子であった。

「見ての通りの老いぼれです。五郎とか、小父さんとか、呼んでくれたらありがたい」

五郎蔵は奉公人達にはそのように断り、

「女将さん、まず方々のお手伝いをさせてもらいながら、気のついたことをお伝えさせていただきましょう」

お蔦にはそのように告げると、すぐに自分で仕事を見つけて働き始めた。

女中頭のお兼は、万事しっかりと仕事をこなし、お蔦の右腕となり店を回していた。

五郎蔵は、自らも前垂れをして、まず膳の運びを手伝って、店の一日の流れを摑まんとした。

お兼は、五郎蔵に興味津々で、根掘り葉掘り訊ねてきた。

「五郎さんは、今まで何をしてきた人なのです？」

「はい。若い頃に料理屋の板場で修業をしたのですがね。頭にくる奴と喧嘩になってしまってそこをとび出してから、方々の料理屋や旅籠で帳場を任されるようになって、自分で料理屋を始めました」

お蔦にもそのように伝えてあった。

小さな料理屋を何年かした後、女房に死別したので店を手放し、悠々自適の暮らしを送っていたところ、お夏から声がかかったのだと――。

しかしお蔦は、いちいちそれを奉公人には伝えていなかった。

お夏は、不動の龍五郎の顔を立て、

「あたしの存じよりを、親方に吟味してもらいましてねえ……」

その上で〝五郎〟を選んで声をかけたと話していた。

お夏と龍五郎が得心しているのならあれこれ問うまい。

奉公人達にも話す必要はない。自分がこれと見込んで連れてきた者なのだ。黙って彼の意見を聞けばよいのだ。

お蔦は、見かけによらず、こういうところはきっぱりとしている。

しかし、右腕と自負しているお兼にしてみれば、

――こんな小父さんに、かき回されたくはない。

と、なる。

まず過去から探りを入れ、堂々と渡り合おうではないかと身構えていたのだ。

「そうでしたか、見かけによらず若い頃は喧嘩っ早かったのですねえ」

気をつけてくださいとお兼は言った。五郎蔵は、

「気をつけるも何も、もうこの歳ですからねえ、喧嘩などしたらばらばらになってしまいますよ。ははは……」

軽妙な物言いで笑いとばして、お兼を煙に巻いた。

「だが、お兼さんも気をつけてください」

そして、一転して厳しい目を向けて、彼女をぎくりとさせると、

「お兼さんのような女《ひと》は、玄人筋の男にもてますからねえ」

今度は冷やかすように、軽く肘でお兼の二の腕を突《つつ》いてみせた。

「な、何を言っているのですか、馬鹿馬鹿しい……」

お兼は、怒った顔をしてその場を離れたが、〝玄人筋の男にもてる〟と言われたのが満更でもなく、口許は綻んでいる。

ふと見ると、おこうとおきくが笑いを堪えていた。

五郎蔵はニヤリと笑って、軽く右手の指先で額を叩いてみせた。

二人共、お兼の小うるさいところに、日頃から少しばかり辟易《へきえき》としているように見える。

好い機嫌にさせてくれてありがたいと、目が語っていた。

おきくは勝気で快活なようだ。五郎蔵に白い歯を見せると、さっと踵《きびす》を返す。

おこうは、おきくより歳上だが、少しおっとりとした様子。

お兼とおきくの間にいて、疲れているのではなかろうか。

ゆったりと頭を下げて、持ち場に戻ろうとしたところを、五郎蔵は捉まえて、

「ちょいと教えてくれますかな」

と、問いかけた。

「はい……」

彼女はきょとんとした顔をした。

お蔦の指図が行き届いているのであろう。女中三人は、それぞれ一癖あるようだが、皆、客への愛想はよい。とはいえ、目から鼻に抜けていそうに見えるのは、お兼とおきくであり、わざわざおこうに物を訊ねる者などいないからだ。

だが、そういうおこうの方が、日頃はよく周りを見ているのではないかと、五郎

蔵は思っていた。

「女将さんは、どういう物言いを嫌うのでしょうな」

五郎蔵はそれを聞いておきたかった。

「物言いですか……」

おこうは少し声を潜めて、

「〝はい、はい……〟と返事を二度繰り返すと、嫌がるようです」

「なるほど、〝はい〟は一度ですな」

「といっても、まだ誰も叱られていませんが、わたしは気をつけるようにしております」

「女将さんは、人を叱りつけるのが嫌いなのでしょうな。わかりました、気をつけます。おこうさんは、好いところに気がついていたのですねえ。また教えてください」

五郎蔵は、余計なことは言わず、おっとりしているように見えるが、女中はそれが何よりだとの気持ちを込めた。

おこうは、ぱっと顔を赤らめて、彼女もまた持ち場に戻った。

これでまた、おこうによって店の確かな情報を摑むことが出来るであろう。

お兼に問うと主観が入るし、おきくに問えば好き嫌いが挟まるに違いないのだ。

「女将さん、お女中は三人共、愛想も好いし働き者でよろしゅうございますな。ひとつ思いますのは、前垂れの色合いをもう少し派手で明るいものにすれば、お客さんの目に留まりやすいかと。それと、三人それぞれの色を決めてあげると、気持ちが引き締まって励みになるものです。お客さんも藤色のお女中だとか、薄紅のお女中だとか、色で覚えられて、何かと便利ではございませんかねえ」

五郎蔵は、まずお蔦にそのように勧めたのであった。

五

板場の方はというと、板前の繁造、煮方の千太郎、洗い方の孝二郎という布陣だが、とにかくいつ見ても、忙しそうに働いていた。

繁造は、手が空いていれば、千太郎と孝二郎を手伝ってやるし、

「おれがもし、何かあってひっくり返っちまったら、お前らがその場をしのがなきゃあならねえんだぜ」

と言って、二人で拵えられる献立を、いざという時のために決めていて、まずそれを味よく出せるよう教えている。

お蔦はもう少し人を増やそうかと繁造に提案したこともあるのだが、

「あっしが動けなくなったら、そうしてやってくださいまし」

と、今のままの板場を貫いている。

段取りがよく、若い二人が自分の言うことをよく聞いてくれたら、十分回していけるし、その分給金を乗せてやってくれとのことであった。

五郎蔵が、板場の様子を見に行くと、

「五郎の小父さん……」

繁造は襟を正しつつ、

「板場については、あっしの思うままにさせておくんなせえ」

口を出すなと五郎蔵に、まず釘を刺してきた。

職人というものは気難しい。

それは重々わかっている五郎蔵であった。

「ははは、わたしが口を出せるはずもありませんよ。拵えるのは繁造さんの仕事だ」

五郎蔵はどこまでも穏やかに繁造と向き合ったが、

「だが繁造さん、ひとつお聞きしますが、わたしもお客さんからこんなものを食べたいと言われたら、放ってもおけません。その時は拵えてくれますか?」

五郎蔵もまた、ひとつ釘を刺した。

「へい。そいつはもちろん、あっしでできるものは何だって拵えますよ」

「それを聞いて安堵しましたよ。繁造さんの料理は何よりも丁寧だとお聞きしておりますからねえ。楽しみにしております」

「手は抜かねえ。こいつがあっしの心意気ってやつでねえ」

丁寧だと言われると、繁造は弱い。

味が評判だとか言われても、お世辞に聞こえるが、自分がいかに料理に気を入れているかを称えられると、

——この爺《じい》さんは、なかなかよくわかっている。

そう思ってしまう。

まず繁造との初戦は、五郎蔵が有利に進めたと言えよう。

繁造が頑なに自分の板場を築かんとしているのは、お蔦へのちょっとした反発が

あるらしい。

お蔦は、腕の好い料理人を婿養子に迎えたのだが、その亭主が亡くなると、当時、芝の料理屋で名が売れ始めた繁造を呼んで、板場を任せた。

繁造には、他からも誘いがあったが、お蔦が五年刻みに二親と夫を失ったと聞くと、気の毒に思い、三人で板場を回してみせると意気込んで〝水月〟へ来た。

しかし、お蔦は自分の娘にも料理人の婿養子をとって、ゆくゆくは〝水月〟を任せようと考えているようだ。

そうなると、意気込んで来たのはよいが、

――何でえ、おれはそれまでのただの繋ぎなのか。

と、どうやら繁造はそれで気を悪くしたらしい。

結局は、お蔦の娘は腕の好い人形師に見初められて上方へ行ってしまい、お蔦の想いは潰《つい》え、繁造は今でも板場を任されている。

しかし、口には出さねどそのわだかまりが今も残っていて、お蔦も板場への注文を控えているし、繁造はここはおれの城であり、口出し無用という意志を醸しているという。

煮方の千太郎は、意気地がないくせに、洗い方の孝二郎には兄貴風を吹かせている。

調子の好い若者で、五郎蔵をそっと捉まえて、

「小父さん、おれは十年たったら、ここよりもっとでけえ店を持つつもりだからよう。その時は帳場を任せるぜ」

などと太平楽を言って、

「気持ちはありがたいが、わたしに十年後のことは語らぬことさ」

五郎蔵を大いに笑わせた。

孝二郎は千太郎から、

「おい、何をぐずぐずしてやがるんだ。お前って奴はまったくのろまだねえ」

などと言われても、

「兄ィ、まあそう言うなよ。助けておくれよ」

かわいげのある物言いで応える心やさしい男なのだが、確かにのろまなところがある。女中のおきくとは互いに想い合う仲だというのに、煮え切らぬ態度をとってばかりで、勝気なおきくを怒らせているらしい。

とはいえ、千太郎も孝二郎も繁造を敬いつつ、お蔦にも従順で働き者である。

五郎蔵は、まずその辺りの情報を、既におこうから仕入れていた。

さすがは元締である。

おこうの観察眼を見抜き、一通りの〝水月〟の内情について、あっという間に捉えていた。

板場の奮闘と協力なくしては、料理屋の発展はあるまい。

五郎蔵はお蔦に願って料理の味見をしたが、どれも悪くない。

ただ、五郎蔵の見たところ、板前任せで出す料理がどれも量が多いように見受けられた。

「料理は少しずつ、品数を増やして出した方がよいでしょう。まだ食べたそうなお客には、その都度、何かお持ちしましょうかと伺いを立てるのですな。すると、お客は料理を残さずにすみます。店の方も残した分のお代を頂戴しなくてよいので、お互いに無駄がなくなり、お客も払いが少なくてすみます。大事なのは、〝水月〟は料理を多く出して金を取ろうとはしない、という評判を立てることかと思いますよ」

五郎蔵は、お蔦にそのように勧めた。

その際には、繁造との間に僅かな心の溝があり、お蔦が板場に遠慮をしているのではないかという疑問を一切挟まなかった。

客のお腹に合わせて料理を出すように見はからうのは、お蔦と女中の仕事であり、量を少なめにすることや、品数を一品二品追加することに繁造が難色を示すとは思えない。

「なるほど、五郎さんの言う通りですね。これはすぐにかかりましょう」

お蔦は目を輝かせた。

これで、繁造と実りのある話が出来る。

それが、いつしかぎくしゃくとし始めた、女将と板前の間を上手《うま》く繋げるきっかけとなるのではなかろうか。

彼女はそう思ったのである。

六

五郎蔵が〝水月〟に勤め出してから五日後の夕刻のこと。

「五郎さんに座敷へ来てもらいたいというお客さんが見えておいでですよ」

お蔦がそう言って五郎蔵を呼んだ。

「わたしにですか……？」

五郎蔵は小首を傾げた。

「この店にはおもしろい帳場の人がいるそうですね、などと仰《おつしや》るんですよ」

お蔦の声は弾んでいた。

女中の手伝いをしたり、勘定の折に座敷に顔を出す五郎蔵は、当意即妙な話しぶりで、客達には大いに受けていた。

中には牛頭の五郎蔵を知る人がいるかもしれないので、冷や冷やするが、

――そんな時は、帳場の五郎で押し通してやる。なに、誰も気付くまい。

と、五郎蔵は高を括っていた。とはいえ、そんな風に評判を聞いたと言われると緊張する。

出来るだけ、客の前に顔を出さぬようにと努めたが、店が忙しければ引っ込んでいるわけにもいかず、つい姿を人目にさらしたのが、いけなかったか――。

ちらほらと不安が頭をもたげたが、五郎蔵の評判が既に響いたというのは何より

も嬉しいと、喜んでくれているお蔦を見ると、どうでもよくなってきた。

客は船宿の女将とその番頭だという。

いそいそと出てみれば、女将の正体はお夏であった。番頭役を務めているのは、お夏の生家であった相模屋にいた、船頭・船漕ぎの八兵衛《はちべえ》である。

千住の市蔵との死闘後は、船頭としていつもの暮らしに戻っていた八兵衛であったが、時にはお夏の許で何かおもしろいことをしないと気が滅入ると、三日前にふらりと居酒屋を覗きに来た。

これはよいところに来てくれたものだと、今日の番頭役が回ってきたというわけだ。

「これはまた、見事な化けっぷりですな」

五郎蔵は感心した。

お蔦は何度も居酒屋に足を運んでいたのだ。

それがいくら行灯《あんどん》の薄明るさとはいえ、船宿の少し婀娜《あだ》な女将と変じたお夏に気付かないとは大したものである。

「ふふふ……。そろそろ効き目が現れる頃かと思いましてね」

その声で五郎蔵もやっとお夏と知れたのであった。

とはいえ、そういうやり取りもまた、今の五郎蔵には楽しい。

「まずまずというところですな」

彼は得意げに笑ってみせた。

女中の前垂れの色を変えてみたのは、女中を覚えやすいと客からの評判も上々であった。

そして何よりも、料理の量を調整し、客の支払いを上手に抑えたのが大いに受けた。

料理五品に一汁一菜の飯、それに酒を飲んで四百文以内ですむのは、客にとって以前よりも尚、使いやすい店となったようだ。

既に〝えのき〟では、この料理の出し方をしているのだが、お夏はそこに気付かずにいたのが恥ずかしかった。

一時《いっとき》、上方に住んだこともあったのだが、そういえば向こうでは、料理を多く出して、代を高くとるきらいがあったような気がする。

「さすがでございますね」

お夏が少し冷やかすように称えると、

「まだ小出しにしておりますのでねえ。勝負はこれからですよ」

「それなら、次に来るのが楽しみです」

「まず見ていてください」

五郎蔵は随分と若返って見えた。

「あれから目黒の居酒屋に、うちの女将さんは行っているのですか?」

「ふふふ、うちの女将さんねえ。五郎の小父さんといるのが楽しいのでしょう。薄情なものでこのところはお見限りでございます」

「時折、店を出るので、行っていなさるのかと思っておりましたが、左様ですか」

五郎蔵は、ふっと笑って首を竦めた。

お夏は相好を崩して、

「すっかりとお元気になられて、ほんにようございました」

精気が漲《みなぎ》る五郎蔵の様子を喜んだ。

「お夏さんのお蔭ですよ。どうなることかと思いましたが、まだまだ老いぼれにも使い途《みち》があるようです」

まずこれまでの成果を報せることが出来て五郎蔵もほっとしていた。

そこにお蔦が挨拶にやって来て、お夏は船宿の女将の顔に戻った。

「本日は誠にありがとうございます。いかがでございましょうか」

お蔦は恭しく頭を下げて、お夏に酌をしようとしたが、あまり傍に近付けない方がよかろうと、五郎蔵が先にお夏の盃を充たした。

「好いお店でございますねえ。あたしも、色々と学ばせていただきました。盗みに来た、というのが本音でございますがね。ほほほ……」

お夏が楽しそうに笑うと、

「五郎さんは臨時のお勤めとか。おもしろいことを、女将さんはお考えになりますねえ」

八兵衛がお蔦の手腕を称えた。

「いえ、ほんの思い付きでございましたが、人のご縁とはありがたいものでございます」

お蔦ははにかんだ。

「左様でございますねえ。ほんにご縁はありがたい……」

お夏は相槌《あいづち》を打った。考えてみれば牛頭の五郎蔵が、老いに直面しなければ、こうしてお蔦の店にいなかったはずである。

その座がほのぼのとした時であった。

「いやいや、おれなんぞに構わねえで好いからよう。もう、うっちゃっておいてくんな」

大きな声が廊下に響いた。

その途端、お蔦の顔が翳《かげ》ったのを、他の三人は見逃さなかった。

「それではごゆるりと……」

お蔦はそれを機に、五郎蔵にその場を任せて、そそくさと座敷から立ち去った。

「お蔦さんにはいくつか乗り切らねばならないことがありますが、これもそのひとつのようでしてね……」

五郎蔵は渋い表情を浮かべた。その目には、香具師の大立者である凄《すご》みが漂っていた。

元気を取り戻すための〝水月〟での奉公のはずが、五郎蔵はもうそれを通り越して、侠客としての人助けに気持ちを切り替えているらしい。

既に廊下の大きな声の主が何者かを把握していて、こ奴を何とかせねばならぬという気迫が五体から滲み出ている。

——牛頭の五郎蔵が戻ってきた。

お夏はニヤリと笑った。

七

件の大声の主は、寺町の善二郎《ぜんじろう》という侠客であった。

少し前に、目太六《めだろく》という処の破落戸《ならずもの》が客としてやって来て、

「おい、料理の中に割れ茶碗のかけらが入っていて、口の中を切っちまったじゃあねえか。どうしてくれるんだよう！」

と、因縁をつけてきたことがあった。

そこへ氷川明神門前の旦那衆の相伴に与《あずか》り店に来ていた善二郎がやって来て、

「お前は目太六じゃあねえか。ふん、まだこんな見えすいた強請《ゆすり》をしているのかい」

と叱りつけて追い払ってくれた。

その後も目太六は、何かというと、小遣い銭をねだりにやって来たが、それを気にかけていた善二郎が再び追い払い、

「女将さん、あっしがきっちりと片をつけておきましたから、もう大丈夫ですよ」

すっかりと目太六が寄りつかないようにしてくれた。

しかし、こういう片のつけ方は、かえって後が面倒になる。応対すべき相手が、目太六から善二郎に替わるだけであるからだ。

善二郎は四十前で、なかなか男振りもよく人当りもよい。

お蔦も後家の弱みを見せたのがいけなかったようで、それから善二郎は度々、

「何か変わったことはねえかい」

と、訪ねてきて、次第にお蔦に馴れ馴れしくするようになってきた。

「お蔭さまで、何もございません……」

お蔦は、目太六の件では助けられた恩があるし、善二郎をその都度如才なく迎え入れていた。

あの折は謝礼を受け取ろうともしなかったし、それ以後は店におかしな連中が寄りつかなくなったのも確かである。

善二郎は、客として来ているのであるし、時にはお蔦が気を利かせて代は取らずにいるが、

「いやいや、女将さん、そいつはいけねえ」

と、大抵は代を置いていく。

それゆえ彼をはねつける謂《いわ》れもなかろうと、お蔦は思っている。

奉公人達も、うさん臭さを覚えながらも、お蔦がそれでよいと言うならば、わざわざ意見することもないと、見て見ぬふりをしている。話を聞いて、五郎蔵はそのように見ていたのである。

「女将さん、このところ店の評判が随分と好いようだねえ」

善二郎は、お蔦が座敷へ顔を出すと、既にどこからか噂を聞きつけたようで、我がことのように喜んだ。

「お蔭さまをもちまして……。すぐにお料理をお持ちいたしましょう」

お蔦は適当にやり過ごそうとしたのだが、

「だが女将さん、水くせえじゃあねえか。帳場に年寄りを雇うなら雇うで、一言おれに相談をしてくれたらよかったのによう」

善二郎はそれを呼び止めた。

「この善二郎も、それなりに人に知られた男だ。上客を呼び込むくれえはお手のものだし、おかしな野郎が寄りつかねえように目を光らせるのはわけもねえ。おれがここに来たってよかったんじゃあねえか」

「親分がここに？　ほほほ、お戯れを。どうぞごゆっくり……」

お蔦は逃げるように部屋を出た。

女の細腕ひとつで料理屋を続けていく空しさが今宵はやけに重く、お蔦にのしかかった。

親の想いと亡夫の無念が詰まった料理屋だけに手放さないでやってきた。このままではいけないと思い立ち、五郎蔵という軍師を迎え、希望を見出した。すると目の前が明るくなり、同時に見落していた難点も見えてきたのである。

「女将さん、おれには気を遣わねえでおくんなせえよ！」

座敷の中から聞こえてくる善二郎の声が、今日ほどおぞましく思えたことはなかった。

「女将さん……」

帳場に戻ると五郎蔵がにこやかに迎えてくれた。

その落ち着いた表情を見ると、お蔦の体の余計な力がすっと抜けた。

「五郎さん……」

お蔦は危うく涙をこぼすところであった。

自分は誰かに縋りつきたいと、心の底では思っていたのだ。

そんな気持ちまでもがわからなくなっていたのは何故なのだろうと、五郎蔵の顔を見て考えさせられたのである。

「色々と言い忘れておりました……」

五郎蔵は淡々と仕事の話を始めた。

お蔦が弱い女の一面を覗かせたのはわかっているが、こんな時は下手に情に流されてはいけない。まず料理屋の女将に戻ってもらうのが何よりだと、この老人は悟っていた。

「〝水月〟の名を書いた使い捨ての提灯《ちょうちん》と傘を拵えましょう」

「なるほど、日が暮れたら提灯を、雨が降ってきたら傘をお客に差しあげるのですね」

「ははは、もうお考えでしたか」

「いえ、言われてみて確かにそうすればよかったと。お客は喜んでくれるでしょうね」

「何よりも、〝水月〟の名が売れましょう。提灯と傘を見た人が、気が利いた店があるものだと思ってくれるでしょうから」

「すぐに拵えましょう」

お蔦の背筋がぴんと伸びた。

「それから女将さん。お客は大事にしなければいけませんが、そのためには客を選ぶことも大事でございますよ」

五郎蔵は、意味ありげに言って、

「わたしが選んでもよろしゅうございますが……」

と、付け加えた。

選別してよけねばならないのが、寺町の善二郎であることは、お蔦にはわかっている。

「でも、そんなことまで五郎さんにお願いするわけには……」

「いえ、それも帳場のお役目ですよ。怒らずに聞いていただけますか」

「何でも言ってください」

「時折お見えになる親分は、女将さんの好い人ですか？」

「とんでもない……。恩を売ったつもりかもしれないが、女所帯と侮って、いつの間にか食いついてきた、疫病神でございますよ。とはいっても、下手な出方をすれば面倒なことになると思って……」

「それをお聞きすれば、もうよろしゅうございます。まあ、できるだけことを荒立てずに、払いたくないお金は払わずに、追い払う段取りを考えてみましょう」

「そうは言っても……」

「女将さんにその気がないとわかれば、ふられるのが恐くて、そのうち寄りつかなくなりますよ」

五郎蔵はさらりと言い捨てると、

「そんな話よりも、料理に工夫をして、この店の名物を拵えましょう」

話題を変えた。

「何か足りないところがありますか？」

板場のことになるとお蔦は歯切れが悪くなる。

品数を多くして、ひとつひとつの量を減らし、客がちょうど食べられる量にする。

余った料理は笹折に入れて持ち帰りが出来るようにもした。

お蔦は五郎蔵から提案されたことを、自分でまとめて繁造に伝えた。

繁造は、

「承知しました」

とだけ応えて、お蔦の注文にしっかりと応えた。

料理の内容はいつものように任せるとのことだし、客がもう少し食べたいと言えば、何品でも料理を拵える腕を持ち合わせているのが板前だと、彼は自負していたから、反発を覚えなかったようだ。

五郎蔵の目からは、むしろ繁造は料理人にとって望むところだと、歓迎しているように見えた。

口数が少ないのは、素直に想いを告げられない気性のせいで、わだかまりを消し去れるきっかけが摑めていないからであろう。

とはいえ、料理に工夫をするとなれば、

「女将さん、あっしがここへ来る時、料理の味付けや拵え方は、一切任せていただくことになっておりましたが」

初めの約束を持ち出され、険悪な様子になってしまうのではなかろうか。お蔦はそれが心配なのだ。

五郎蔵にはそういうお蔦の心の内が手に取るようにわかる。

「女将さん、繁造さんとは何か行き違いがあって、どこかぎくしゃくとしているのかもしれませんが、喧嘩口論を恐れていては、かえって縁が遠のきますよ」

五郎蔵は、しかつめらしい顔で言った。

「そうかもしれませんねえ……」

お蔦は渋い表情となったが、

「女将さんは、何ごとも〝言わぬが花〟だと思っておいでなのでは？　余計なことを言わずともここの人達は皆よくしてくれるから、嫌な気にさせずにおこう。確かにそういう考え方もあるでしょうが、腹の底で思っていることを言わないのは、相手を信じていないのと同じですよ」

「相手を信じていないのと同じ……」

「はい、はい、なんて返事をする者がいれば、はいはひとつで好い。はっきり言ってやればいいのですよ」

五郎蔵はそう言って笑った。

「思っていることを言えば、相手の思っていることもわかる。それは上に立つ者としては恐いことですが、恐れてはいけません……」

お蔦はしばらくの沈黙の後、大きく頷いた。

「わかりました……。二親も主人も亡くし、娘は嫁いでいきました……。この上店の者が離れていったらどうしよう、それが恐かったのでしょうねえ……」

お蔦は迷いに迷って、目黒不動に御利益を求めて参詣したり、評判の居酒屋に寄ってみたり……、自分はいったい何をあがいていたのかと思うと、おかしくなってきた。

人にあれこれ話していると何かが閃く。

お夏の居酒屋にいる時は、こんな店、いつ潰してもいいから思うように商売をしてみたいという気になった。

それが、いざ〝水月〟に戻ると、奉公人達を気遣って後戻りしてしまう。

「まったく馬鹿な話です。五郎さん、料理の工夫、大いに結構ですねえ」

「そうこなくてはいけません」

その夜、五郎蔵は仕事の合間に、お蔦とさらなる策を練った。

八

寺町の善二郎が、後家のお蔦をものにして〃水月〃を我がものにせんと企んでいるのは明らかであった。

お蔦は善二郎が店に来ても、今後一切顔出しはしないと心に決めて、その夜は勘定の段になっても彼には会わなかった。

善二郎はお蔦が料理屋の奉公人達を御し切れていないのを見て取り、やさしさと押し出しのよさで後家の情夫になってやろうと考えていた。

「つまるところ、善二郎はそれくらいのことしか考えられない三下野郎ですよ」

と、五郎蔵は切り捨てた。

善二郎は、お蔦に邪険にされ始めたことに気付いているだろう。それでも、〃水月〟で下手に暴れたら元も子もなくなるのはわかっているから、自分は表に出なくとも、何か仕掛けてくるのではなかろうかと、五郎蔵は思っていた。

すると翌朝。

かつて茶碗のかけらで口の中を切ったと因縁をつけたという目太六が、ふらりと裏口から入ってきて、

「おう、板場の兄さんよう。女将さんを呼んでくんな」

と、凄んだ。

ちょうど台所を出た裏手の小庭で、千太郎は七輪で鍋を火にかけ、孝二郎は洗い桶を外に出し、鍋を洗っていたところで、二人が目太六に応対した。

「何か用かい？」

千太郎は恰好をつけて、女将さんなら今は手が離せないと突っぱねた。

「馬鹿野郎！　裏手からへりくだって訪ねてきたおれに剣突食らわしやがるのかい！」

目太六は、いきなり千太郎の横っ面を張って、

「あん時は、善二郎親分の顔を立てて引っ込んでやったが、そっちとはまだ話がす

んでいねえんだよう！」

と、無様にその場に座り込んでしまった千太郎を睨《にら》みつけた。

そうして一通り脅しをかけると、

「今日のところは帰ってやるから、女将さんに明日また来ると伝えてくんな」

その場はひとまず立ち去った。

「兄ィ……」

孝二郎がおたおたとして千太郎に駆け寄ったところに、騒ぎを聞きつけやって来たおきくが、

「ちょいと千さん、大丈夫かい？　孝さん、お前は何をやってたんだよ。まったく、突っ立っていただけかい、情けないったらありゃしない」

その時、繁造は、用があって外に出ていて、五郎蔵がお蔦と共にやって来て騒ぎを収めると、

「やっぱり善二郎が仕掛けてきましたねえ」

ニヤリと笑ってお蔦に囁いた。

お蔦はさすがに笑えなかった。

「善二郎親分が仕掛けた……？」

「目太六とは初めからつるんでいたのですよ。奴に暴れさせて善二郎が押さえる……」

そうしておいて、自分がいなければ店の平穏は成り立たないという恐れを与えるのだ。こうしておけばまた泣きついてくると、善二郎は甘い考えでいるのだろうと五郎蔵は見ていた。

「明日はわたしが追い返しましょう」

「五郎さん、それは危なすぎます」

「いやいや、老いぼれならではの智恵がありますから。それより繁造さんが仕入れから帰ってくる頃です。こっちの方が勝負ですよ」

と言って五郎蔵は、お蔦の背中を軽く押した。

その夜。

船宿の女将に姿を変えたお夏が、この日もまた八兵衛を連れて〝水月〟に客としてやって来て、料理が運ばれるやそれを一目見て、

「こちらの板さんに、一目お会いしとうございます。お忙しいのは重々承知しておりますが、一声かけずにはいられません」

と言って、繁造を座敷へ呼んだ。

今宵、お夏の座敷に出た鯛の塩焼きを、誉めちぎるためであった。

鯛を丸ごと焼くのは、浜焼きといって料理屋の献立の華である。だが、〝水月〟のそれはこの日から様変わりして、丁寧な拵えになっていた。

一匹の鯛が三枚におろされ、頭と尾の付いた骨を少しばかり焼き、長さ二寸、幅一寸ばかりに切り分けて塩焼きにした身をここに美しく並べる。

見映えといい、食べやすさといい、こんなに手の込んだ鯛の塩焼きを、お夏は初めて見た。

「まあ、誉めてあげてください」

五郎蔵から事前に耳打ちされていたとはいえ、お夏は、

「食べるのがもったいないくらいですよ」

と、繁造に告げずにはいられなかった。

これこそが、五郎蔵がお蔦に勧めた、料理の工夫であった。

「畏れ入ります……。これは、うちの女将からの指図でございましてね……」

お夏からの祝儀を押し戴くと、繁造は忙《せわ》しく頭を掻いた。

この日、目太六の騒ぎがあった後、繁造はお蔦から呼び出されて、

「鯛の塩焼きに、わたしからの注文があります」

と、真っ直ぐな目を向けられた。

「女将さん、料理への注文と言われましても……」

繁造は、口出しはなしだという約束を、まず振りかざそうとしたが、この日のお蔦は様子が違った。

「もちろん味付けも、焼き具合もお任せします。わたしの注文は、繁さんにしかできない塩焼きを拵えてもらいたいということです」

そして、こういう塩焼きを出して、客に溜息をついてもらおうではないかと持ちかけたのである。

――あの小父さんに吹き込まれたな。

繁造は咄嗟《とっさ》にそう思ったが、断ると料理人として〝逃げた〟と言われても仕方がない。そして、そんな鯛の塩焼きを出せば客はきっと喜ぶであろう。

既に繁造は、五郎蔵が発案したと見られる料理の出し方をしてみて、手応えを覚えていた。それと共に当り障りなく自分に接してきたお蔦が、正面切って迫ってきたのが、長く自分の体内でくすぶっていた料理への情熱を一気に放出させたのだ。

「そういうことなら、承知いたしやした。すぐにでもかかりましょう」

手間がかかるとは一切言わなかったが、お夏の座敷では照れも出て、

「誉めていただくと嬉しゅうございますが、この先これを拵え続けるのかと思うと、もう大変でございますよ……」

珍しく、そんな言葉もとび出したのだ。

繁造が下がると、五郎蔵が訪ねてきて、

「うちの旅籠と、利三郎の店でこの塩焼きを拵えさせるつもりだったのですがね。ここが先となっては、後で叱られますよ」

お夏と八兵衛に首を竦めてみせた。

「これは、あたしのせいでございますね」

お夏も首を竦めて、

「こんなに、〝五郎小父さん〟が張り切るとは思いませんでしたので」

そろそろこの料理屋を去る頃かと、五郎蔵を見た。

「後、三日もあれば、この店の先行きをはっきりしたものにできるでしょう」

「それについては、あたし達がお手伝いをさせていただきましょう」

お夏と八兵衛は、目に力を込めて五郎蔵に頭を下げた。

九

〝水月〟の改革は、常連の客達を驚かせた。

「今までもお気に入りの店だったが、もっと早くこういうことをしてもらいたかったものだねえ……」

客達は口々にお蔦の一念発起を称え、

「今度は大事な客を連れてこよう」

「いや、ここは人に教えたくないねえ。毎日でも来たいものだ」

などと言い合ったものだ。

それでもお蔦にはまだ不安があった。

寺町の善二郎の出方であった。

かくなる上は毅然とした応対を貫き、いざとなれば町役人に手を回し、出張ってもらうことも考えたが、ああいうやくざ者は自棄《やけ》になると、どんな〝置き土産〟をされるか知れたものではない。

そして、やっと繁造と話が出来る状態になったというのに、奉公人達への嫌がらせが続くようでは困る。

〝五郎の小父さん〟は、日々意気が揚がってきて、

「気にすることはない」

と、こともなげに言うが、あの小柄で穏やかな年寄りにどんな秘策があるというのか――。

それでも、善二郎と目太六がぐるになっているという五郎蔵の読みは的を射ている。

――五郎さんはその辺りを、うまく突いてやろうとしているのかしら。

何もかもうまくいき始めただけに、お蔦は尚さら善二郎が憎かった。

そして、目太六は捨て台詞の通り、また翌日に裏口からやって来た。

繁造が、これを待ち構える五郎蔵に、

「五郎の小父さん、ここはおれが話をつけますぜ。下がっていておくんなさい」

と声をかけたが、

「とんでもないことですよ。繁造さんが怪我でもしたら、お客の楽しみがなくなりますからねえ。こういう時は、老いぼれが前へ出る方が、相手も強く出られないものです。まあ、任せてください」

五郎蔵は、風に柳と受け流し、傍らにいた孝二郎に、

「あれからおきくさんには、嫌われたままですかな」

と、囁いた。

孝二郎は思いつめた表情で、

「意気地がねえと思われちまったよ。これじゃあいくらのろまなおれでも男が立たねえ」

そっと五郎蔵に告げた。

日頃から互いに好いたらしいと思い合っている孝二郎とおきくであるが、皆の知るところとなっても、二人は表には出さない。

しかし、孝二郎も五郎蔵には切ない想いを打ち明けるようになっていた。

「そう思いつめなさんな。こんなことで好いところを見せることはありません……」

五郎蔵もそっと応えると、彼が懐に呑んでいた、手拭いを巻いた包丁を奪い取った。

「小父さん……」

孝二郎は、いざとなれば目太六を刺してやろうと思っていたらしい。それをあっさり見破る五郎蔵には、手も足も出ないと俯いた。

「女には、はっきりと、自分の想いを告げるのが何よりですよ。恰好をつけなくてもね」

ニヤリと笑って肩を叩いた。

するとそこに、

「よう、来たぜ……」

目太六が入って来た。

お蔦が台所の内から女中達と覗き見ているのが五郎蔵にはわかった。

「女将さんなら今は取り込み中です。どうぞお引き取りを」

間違っても出てこぬようにと念じつつ、五郎蔵はまず目太六の前に出た。

「何でえ、老いぼれは引っ込んでやがれ！」

目太六は、懐から匕首《あいくち》の柄を覗かせて脅しをかけた。

ここは上手く言いくるめてやろうと、五郎蔵は考えていた。

自ら目太六について聞き込み、彼が腕に墨を入れられた無宿人であると知り、その辺りを攻めてやろうと思ったのだが、匕首の柄を見て考えが変わった。

というよりも、若き日の利かぬ気が五郎蔵の体に蘇ったのだ。

「ふん、そんな物をちらつかせてどうしようってえんだ。おらあ長《なげ》えこと生きているんだぜ。こけおどしは見飽きているのさ」

五郎蔵は、思わず三下相手に凄んでいた。

泣く子も黙る牛頭一家の元締にまで上りつめた男である。

目太六は生き物としての勘で、この老人がただの老いぼれではないことを知った。

しかし、小柄な老人を恐れていては男がすたる。

「こけおどしかどうか試してみるかい……」

と、匕首の柄に手をかけた。

しかし、その刹那、目太六は足払いをかけられて地面に倒れていた。

「試してやろうじゃあねえか」

五郎蔵は仁王立ちになって目太六を見据えると、

「て、手前《てめえ》……！」

逆上した目太六が匕首を引き抜かんと身構えたところへ孝二郎から預かった包丁を投げ打った。包丁は目太六の傍に立つ庭木に見事に突き立った。

「侮るんじゃあねえや小僧。板場の者なら皆、こんな芸当は日頃の手慰みでできるってもんだ。手前が昨日、横っ面をはたいた千太郎さんも、包丁投げの名人さ。昨日のお返しにけしかけて、腹に穴を開けてやってもいいってものだが、料理人はお前みてえなくずを料理はしねえから、代わりにおれが見せてやっただけさ。おう、ぶつ切りにされねえ内に、とっとと失せやがれ……！」

目太六はその勢いに呑まれ、這々の体で逃げ出した。

お蔦を始め、〝水月〟の奉公人達は、一斉に五郎蔵の周りに集まって目を丸くした。

特に包丁投げの名人と、勝手に持ち上げられた千太郎は、唖然《あぜん》としていた。

「五郎さん……、あなたはいったい……」

何者なのだと、お蔦は呆れたように言った。

五郎蔵は、右手の指先でしきりに額を叩いてみせて、少しやり過ぎたと首を竦めると、

「若い頃は料理人になりたかったのですが、こんな調子でちょっとばかり暴れてしまいましてねえ。それでまあ帳場へ回って歳をとってしまった……。まずそんなところでございます……」

五郎蔵は、久しぶりに〝やらかしてしまった〟という反省に襲われていたが、いつまでも〝水月〟に落ち着いてはいられないのだ。

これもまたよい〝死に土産〟となるだろう。

反省はたちまち充実感に変わっていった。

五郎蔵は庭の植木に突き刺さった包丁を孝二郎に返し、

「わたしが黙っていたら、孝さんがこいつでぶすッとやっていたかもしれないのでよかったですよ」

と、おきくの前で孝二郎を立ててやると、

「後のことも、わたしにお任せください。きっちりと片をつけておきますから」

そう言い置くと、逃げるようにその場を立ち去ったが、たちまちお兼に腕を取られた。

「五郎さん、お前さん、年寄りのふりをして女から逃げようったって駄目ですよ。一度、わたしの部屋でゆっくりと一杯付合ってくださいな」

お兼は色気たっぷりに、五郎蔵の耳許で囁くと、ふくよかな体を押しつけるようにして持ち場へと戻っていった。

――玄人好み、なんて言わなきゃあよかったよ。

誰かに見られていなかったかと辺りを見廻しつつ、五郎蔵は身震いをした。

十

目太六を追い払った後。

その夕から〝水月〟に客が押し寄せ、お蔦と奉公人達は忙しく立ち働いた。

五郎蔵が老人にして、あれだけの喧嘩が出来るのだという衝撃は、誰の心の内にも刻み込まれていたが、店の熱気はおびただしく、〝水月〟に勤める者達は、それについて深く考えてはいられなかったのである。

五郎蔵も方々手伝いに廻って、感傷に浸っている間もなかった。

お蔦達は、五郎蔵が圧倒的な強さをもって目太六を追い払ったのをまのあたりにした。

その上で、

「……きっちりと片をつけておきますから」

五郎蔵がこともなげに言うと、

「これはひとまず、五郎の小父さんに任せておけばよいだろう」

という気にさせられた。

それゆえ誰もが仕事に没頭出来たのだ。

忙しい時の方が、かえって相手に今まで言えずにいたことがはっきりと言えるものかもしれない。

お蔦は繁造に、

「繁さん、今までわざわざ言うほどのことでもないと、口に出さずにいたんだけどねね。わたしは娘に婿養子を取って、帳場を任せて、時には板場を手伝わせようと思っていたんですよ」

そんな言葉を投げかけ、繁造は驚いたように、

「左様で……」

「何です、その頼りない返事は？　ひょっとして、わたしが繁さんの代わりを探していたとでも？」

「あ、ああ、いえ、とんでもねえ……」

「頼みますよ。うちは繁さんあっての店なんですからね」

「へ、へい。そりゃあもちろんですよ！」

こんな会話が聞こえてきたし、おきくがそっと孝二郎と頬笑み合う姿も見られた。

千太郎は相変わらず孝二郎に兄貴風を吹かせてはいるが、少しは料理人らしい落ち着きを見せてきたし、おこうも少しはっきりと物を言うようになった。

お兼はというと、忙しさの合間を縫って、五郎蔵に色目を使ってきたものだが、藤色の前垂れ姿は、以前より数段年増女の色香が増したようだ。

これもまた五郎蔵のお蔭か――。

しかし、五郎蔵にはこなさねばならない一仕事がまだ残っていた。

それはもちろん、善二郎との決着であった。

この日も店を仕舞う頃となって、お蔦は五郎蔵に、

「しばらくここに泊まればどうです？」

と、持ちかけたが、

「女将さん、ありがたいお言葉ですが、これからちょいと動きたいことがありましてね。なに、何のご心配にも及びません。わたしには心強い仲間もおりますので……」

五郎蔵はまたさらりと応えて、その夜も帰路についた。

五郎蔵が寝泊まりしている寺は、小路が続く寺町にある。

念のため、夜間は天助が品川から泊まりに来て、五郎蔵が勤めに出るとまた品川へ戻っていた。

そこは〝水月〟からほど近いのだが、下手をすれば〝水月〟の誰かが五郎蔵を送ろうとするかもしれない。

そうなるとかえって危険なので、五郎蔵はお蔦にも住まいがどこかを明かしてい

ない。

そして今宵、五郎蔵に危険が迫っていた。

この人けのない寺町の細道で、襲撃して息の根を止めてやる——。

そのように企む破落戸がいたのだ。

「まったく手前《てめえ》も、だらしのねえ野郎だぜ」

「ですが親分、あれはただの老いぼれじゃあありませんぜ」

「そんなら何か？　奴は年寄りの面を被った凄腕の用心棒とでも言うのかい」

「いや、そんなはずはありませんが……」

「おれも爺ィの姿は見ているさ。ほんに小癪《こしやく》な野郎だぜ。だがそれだけにこっちも、ぶっ殺しやすくなるってもんだ」

「そいつは確かに……」

「こっちは二人だ。不意を衝けばどうってこたあねえぜ。しっかりしやがれ」

そんな悪巧みをしながら、五郎蔵の命を狙う二人組は、寺町の善二郎と目太六であった。

案に違《たが》わず、二人は初めからつるんでいた。

「おれは、色と欲の両方で〝水月〟を手にしてやるのよ」

自分の男振りに自信を持っている善二郎は、予《かね》てから、後家のお蔦をたらし込み、〝水月〟に婿として入ってやろうと、狙いを定めていた。

しかし、五郎という臨時雇いの爺ィが店にやって来てから風向きがおかしくなった。

こ奴はきっと、善二郎の腹を読んで、遠ざけるようお蔦に言い含めているのに違いない。

彼はそのように思ったのだ。

そもそもお蔦は、目太六を追い払ってくれた善二郎に感謝はしたが、この男と一緒になる気などはさらさらなかった。

水商売の家で生まれ育ったのだ。

如才なく愛想を言うのは自然と身についている。

それを真に受けるところが、善二郎の間抜けさであろう。

目太六に命じて、〝水月〟で暴れさせ、それを恰好よく追い払ってやれば、後家の一人や二人、ちょろいものだと思い込んでいた。

「あの老いぼれさえ消しちまえば、お蔦はおれの手に落ちる……」

こういう馬鹿な男は、短絡的に物ごとを考え、とんでもないことを平気でしでかす。

「来やがったぜ。ぬかるんじゃあねえぞ……」

善二郎は、暗い路地に目太六と潜み、低い声で言った。

向こうから、〝水月〟の提灯を手に、五郎蔵がやって来たのだ。

「あの老いぼれめ……」

目太六は唸った。姿を見ると、ひどい目に遭わされた腹立ちが湧きあがってきて、昨日は抜くことすら出来なかった匕首を抜いた。

善二郎も白刃を煌《きら》めかした。

「よし……」

二人は闇の中、五郎蔵に襲いかかった。

ところがその時、傍らの路地から、ふわりと白い影が現れた。

白い影の正体は、それ者上がりと思しき年増女であった。五郎蔵が素早く提灯の明かりを消したゆえ、よくわからないが、目鼻立ちがはっきりとしていて、色の白さが闇に映えた。

善二郎と目太六にとっては天女が舞い降りたかのような驚きで、二人の出足が一瞬鈍った。

すると、女が手にした朱鞘の短刀を抜き放ち、匕首を握る二人の右腕を斬った。

いつの間に斬られたかわからぬ早業に、二人は匕首をとり落して、右腕を押さえて逃げんとした。しかし振り向いたところを、頰被りをした男に棒切れで打ちのめされ、地面に倒れた。男は怪力で二人の襟首を持って引きずり、行き止まりの路地の奥に連れていった。

「そんなことだろうと思ったよ」

すべてを読んでいた五郎蔵は、これを待っていたのである。

天女がお夏で、怪力の男が八兵衛であるのは、言うまでもなかろう。

壁際に追いつめられ、三人に見下ろされた善二郎と目太六は、腕から流れる血に恐怖が増し、わなわなと震えた。

「お、お前さん方は、いってえ何者なんだ……」

善二郎は、恐る恐る訊ねた。

女の手練といい、男の無駄のない動きといい、ただ者とは思えなかった。

「何者だって……？」

お夏がふっと笑った。

「そいつを知ったらお前は死ななきゃならないよ……」

「そ、そんなら、応えてくれなくて構いません……」

善二郎は、猫撫で声で、

「命ばかりはお助けを……」

目太六と二人で拝んだ。

「いや、おれが何者か教えてやるぜ」

五郎蔵は、低い声で言った。

「いや、旦那、お気遣いはどうぞご無用に……」

「おらあ、牛頭の五郎蔵だ……」

「ああ……！　応えなくていいって言ったのに……！」

善二郎は泣きそうになりながら、はたと気付いて、

「ご、牛頭の五郎蔵……。あ、あ、あの、品川の元締……！」

それならば彼らの強さには納得がいく。

――殺される。

と、二人は観念して虚仮《こけ》のように固まってしまった。

「お前らは、おれを殺そうとしやがったな」

「い、いえ、脅そうとしただけでございます……」

「いずれにせよ、おれに刃を向けた野郎は生かしちゃあおけねえ。だがな、おれは今宵機嫌が好いんだ。老い先短けえおれには、もうこんな好い心地になれる宵は巡ってこねえかもしれねえ。だから命ばかりは助けてやろう。だが、お前らの面ァ覚えた。この先もし江戸で悪さをしやがったら、おれは草の根分けても捜し出し、首を取りに行くから、そのつもりでいな」

五郎蔵は、香具師の大立者の威厳を放ちつつ言い捨てた。

「へ、へい……」

「おありがとうございます……」

善二郎と目太六は手を合わせた。やがて、

「行け……」

の一言で、腕の怪我も何のその、脱兎のごとくばらばらに逃げていった。

「命冥加な奴らですねえ」

八兵衛が苦笑した。

「まったくだ。あたしは斬って捨ててやるつもりだったからねえ」

お夏が頷いた。

五郎蔵はたちまち好々爺の面持ちとなり、

「まず、あの二人はもうわたしのことは口にしないでしょう。あんな間抜けは放っておけば勝手に潰れていくものだ。殺すまでもないことですよ」

「元締がそれでよければ、何よりでございます」

「何はともあれ、これでわたしは品川へ帰ることができます」

「この度はどうもありがとうございました。あたしごときが、元締を随分とこき使ってしまいました」

お夏は、何の気なしに五郎蔵を〝水月〟に送り込み元気になってもらおうと思ったのだが、こんな騒ぎになるとは思ってもみなかったので、決まりが悪かった。

「何を言うのですか。こんな老いぼれにも、まだ人様の役に立つことがあった。わたしにとっては、それがわかったありがたい毎日でございましたよ。このところは、仲間の葬式に行く機会ばかりがめっきりと増えて、寂しい想いをしていましたからねえ」

「それならよかったですよ。元締、まだまだ楽しんでくださいまし」

「はい。そうさせてもらいましょう」

五郎蔵は満足そうに頰笑んだ。

そして彼の姿は、やがてお夏、八兵衛と共に闇の中に吞み込まれていったのである。

十一

牛頭の五郎蔵は、その夜限りで〝水月〟から去った。

お夏は、居酒屋の〝くそ婆ァ〟の姿に戻り、翌朝、清次と二人で〝水月〟にお蔦を訪ねてそれを告げた。

「五郎さんが……？」

「はい。寺町の善二郎がこの町にはいられないようにしたので心配はいらない。それだけを告げましてね」

「そんな。お別れも言ってくれないなんて」

「離れ辛くなるから、会わずに行ってしまったのでしょう。あの人はそういう男なのですよ」

「わたしも店の者も、ずっとここにいてもらいたいと思っていたのですよ」

「他に行かねばならないところができたのでしょう。こちらさんは、もう自分がいなくても立派にやっていける、そう思ったのですねえ」

「五郎さんは、今どこに……」

「それがあたしにもわからないのですよ」

お夏は残念がるお蔦を、しばらく宥《なだ》めると、

「お給金は、いずれ頂戴にあがると言っていましたから、そのうちまたやって来ますよ。ふふふ、おかしな小父さんですねえ……」

と、笑ってみせた。

お蔦は、いつまでもここにいる人ではないのだろうと思っていたが、考えれば考

えるほど不思議な老人であったと首を傾げた。

「実のところ、あたし達も、五郎さんのことを詳しくは知らないのですよ。そんな人を薦めたのかと叱られそうですがね」

「とんでもない……。お蔭でわたしは命を救われた想いです……」

「何もかも、お不動さんの功徳でしょうよ」

「もしや五郎さんは、不動明王のお遣いかもしれませんね」

「なるほどそうかもしれませんねえ。時折下界へ降りてきて、自分の通力がどれほどのものか試しているとか」

お蔦の顔に笑みが浮かんだ。

「これからは忙しくなりますよ。うちの居酒屋になど来ちゃあいられませんねえ」

「いえ、これからも伺います。その時は挨拶を忘れずに……」

「ふふふ、お待ちしていますよ」

お夏と清次はやがて〃水月〃を辞した。

「清さん、元締にも、お蔦さんにも喜んでもらって……。あたし達は好いことをしたねえ」

「へい、八つぁんにとってもね……」

二人は意気揚々と春の道を行く。

四之橋を渡ったところで、お夏はふっと思い出したように、

「そうだ。あたし達も、ちょいと挨拶をしていこうか……」

「挨拶……？」

「ほら、そこの店」

「ああ……」

指をさした先は、お夏の居酒屋へ学びに来た、あの沖太郎の居酒屋であった。

二人は頷き合って、縄暖簾を潜った。

たちまち店の中から、

「いらっしゃい。酒にしますかい、飯にしますかい……」

という、沖太郎の清次ばりの渋い声がしたが、

「こ、こいつは目黒の……、勘弁してくだせえよ……」

それはすぐに素っ頓狂な響きに変わったのである。

第三話　酔醒

一

「ふん、こんな団子に銭を払えってえのかい」

「うまい、まずいはどうだっていいよ。団子に口をつけたんだから銭を払ってくれと言っているんだよ！」

「お前の物言いが気に入らねえ」

「たかりが偉そうな口を利くんじゃないよ」

「何だと……」

「こんな小娘相手に、団子一串くらいの代を踏み倒そうとは、ふん、けちな男もいたもんだ」

うららかな春の昼下がり。

行人坂下で、長閑《のどか》な風景をつんざくような怒声が響いた。

仕入れに向かう清次は、思わず足を止めて声がする方を見た。

「ほう、なかなかやるな……」

団子売りの娘が、これから目黒不動門前へ繰り出そうかという三十絡みの遊客の男二人と揉めている。

清次はその娘の顔に見覚えがあった。

歳は十五。名はおくみであったはずだ。

昨年くらいから、ちょくちょくお夏の居酒屋に飯を食べに来ていた。

親と逸れ、目黒不動門前の団子屋に伝手《つて》を頼ってやって来て、団子の外売りをして暮らしていると言っていたような——。

黒目がちの目は、いかにも利口そうで、引き締まった体は、勝気ですばしこい様子を思わせる。

団子を勧めたところ、一口食って〝まずい〟と突き返されたのであろう。

そんなことをされて、黙って引っ込んでいるとでも思ったのかと、おくみは闘志をむき出しにしているのだ。

「そんなに払ってほしけりゃあ、ほら……」

「払ってやるぜ……」

男二人は銭を地面に放り投げて、おくみに背を向けた。

おくみはそれを拾い上げて、

「銭を落したようだよ」

と、二人に投げつけた。

「この尼！」

「なめるんじゃあねえや！」

男二人はおくみに迫った。

――おっと、こいつはいけねえ。

清次は放っておけず、助け船を出さんとしたが、

「何を騒いでいるのだ……」

そこへ向こうから、着流しの浪人者が一人やって来て間に入った。

歳の頃は三十五、六。太刀は帯びておらず脇差だけを腰に差している、この痩身

の浪人もまた、清次には見覚えがあった。

——津田《つだ》の旦那だな。

浪人は津田幹蔵《みきぞう》という。

彼もまたおくみと同じ頃から、お夏の居酒屋に時折飯を食べに来るようになっていた。

それゆえ、二人は客同士面識がある。

おくみは慌しく入ってきて、さっさと飯を食べると店を出るし、幹蔵は口数が少なく、僅かな酒を飲むだけで終えるので、この二人が何か喋っているのは見たことがない。

だが、時折行く店が同じで、そこで見かける者と思わぬところで会うと、妙に親しみを覚えるものだ。

どちらかというと陰気で、客達の会話に入ってこようともしない幹蔵ではあるが、彼も清次と同じで、おくみを放ってはおけなかったのであろう。

清次は、傍らに立つ楠《くすのき》の陰に入ってこれを見守った。

二人の取り合わせがおもしろかったし、清次の見たところでは、幹蔵一人に任せておいてもよさそうに思えたのだ。

「旦那……」

おくみは思わぬ味方が現れたと喜んで、

「どうもこうもないんだよ。この馬鹿二人が、団子を食べておいて、お代を踏み倒そうとしやがったのさ」

一気にまくしたてた。

「銭なら払ってやっただろう！」

「しつこい尼だぜ」

男二人は、幹蔵の出現に一瞬怯《ひる》んだが、おくみへの怒りが増したらしく、今にも娘の横っ面をはたかんばかりの勢いとなった。

おくみは一歩も引かない。

「銭を払った？　銭を撒いたとぬかしやがれ！　道に落ちた銭を拾うほど、こっちは暮らしに困っちゃあいないんだよう！」

「口の減らねえ尼だ！」

「そんなら手前《てめえ》の口に銭を捻《ね》じ込んでやらあ！」

「止《よ》さないか」

幹蔵は、両手で二人組とおくみを制すると、

「そんなに嚙みつくな」

と、おくみを宥め、

「お前達も、同じ銭を払うなら、手渡してやればよいではないか」

と、二人組を窘《たしな》めた。

「おう、素浪人、お前は誰だか知らねえが、口を挟むんじゃあねえや」

「おれ達が悪いとでも言うのかい」

二人組は怒りが収まらない。

「まあ、どちらが喧嘩の因を作ったかというと、お前達二人だな。だが、手渡そうとしてこぼれ落ちたというなら、おれが拾って団子売りの姉さんに渡すとしよう」

楠の陰の清次は、笑みを浮かべた。

いつもは黙りこくっていて、

「おれは銭を持たぬから、酒は二合までしか出さんでくれ」

と、ちびりちびりとやっている幹蔵が、なかなかにおもしろいことを言うと思っ

たからだ。

それと共に、思った以上におくみは気が強い。

「旦那がそんな汚ない銭を拾うことはありませんよ。馬鹿二人が、もう一度渡し直せばいいんだ」

さらに二人を挑発した。

遊客二人は、日頃からそれなりに男伊達を気取っているのであろう。

こうなると幹蔵が出てきただけにかえって引っ込みがつかない。

「汚ねえ銭たあ何ごとだ！　やい素浪人、手前《てめえ》も何だ。喧嘩の因を作ったのはおれ達だと？　よく言ったぜ。そんならお前が代わって喧嘩を買おうってえんだな」

「小娘相手じゃあ、喧嘩にならねえと苛々《いらいら》していたところだ。やってやろうじゃあねえか！」

と、まくしたてた。

「おい、待たぬか。おれは仲裁に入っただけだ。相手を違えるな」

幹蔵にとっては、まったく迷惑である。

二人の男を手で制そうとしたが、

「やかましいやい！」

二人は遂に怒りを爆発させて、幹蔵に襲いかかった。

「やめろと言うのに……」

幹蔵は殴りかかってきた一人の拳をかわし、その利き腕を捻じあげると、もう一人が向かってくるのへひょいと投げとばした。

「痛《いて》え！」

「何しやがるんだ……」

鈍い音と共に勢いよくぶつかった二人は、その場に倒れ込んだ。

「何しやがるんだ？　お前達が殴りかかってきたから、ちょっとかわしただけだ。ちょうど好い、倒れたついでに銭を拾ってやってくれぬか」

幹蔵は二人に声をかけつつ、

「ざまあ見やがれ……」

と、二人に毒づくおくみを、

「これ！」

と叱りつけて、二人が渋々拾った銭を受け取った。

そして、それをおくみに手渡すと、

「お前のせいで痛い目に遭うところだったぞ。さあ、喧嘩は終りだ。皆、帰った、帰った」

幹蔵は男二人を追い払った。

男二人はまだ何か言いたそうであったが、幹蔵が二人に一瞬鋭い目を向けたので、

「ちぇッ、こんなところで遊んでられねえや」

「ああ、行くとしよう」

強がりを言って逃げるように去っていった。

「旦那は強いんだね……」

おくみは幹蔵に強い眼差を向けると、

「ありがとう。助かりましたよ」

ぺこりと頭を下げた。

「強いわけではない。あの二人がのろまだっただけのことだ。まったく肝を冷やしたぞ」

幹蔵はおくみを窘めると、逃げるようにその場を立ち去った。

「ちょいと旦那……。隠したって駄目ですよ。旦那の腕は大したものだ」

おくみはそれを追う。

「そんなことはどうでもよかろう。団子を早いとこ売り切ってしまえ」

幹蔵は駆け出した。

「旦那、ちょいと待っておくれよ……」

おくみは尚も後を追いかけた。

二人の姿が太鼓橋の向こうに消えていくのを、清次は楠の陰から出てきてしばらく見送った。

あの二人が店で言葉を交わしているのを見たことがなかった。

思わぬところで互いに相手の妙をわかり合えた今、二人は居酒屋で新たな触れ合いを始めるに違いない。

清次は、勝気なかわいさを持つおくみに、ほのぼのとした温かさを覚えた。

しかし、それと同時に、津田幹蔵の凄みを垣間見て衝撃を受けていた。

幹蔵は、相手がのろまなのだととぼけていたが、清次の目はごまかされない。

あれはなかなかの武芸を身に備えた者の術である。

動きに無駄がない。

清次の知るところでは、幹蔵は下目黒町の借家で、蠟燭《ろうそく》の芯づくりの内職をしながら、ひっそりと暮らしているそうな。

それには何か理由があるのかもしれない。

そしておくみは小娘には似合わず、幹蔵の強さを見極めたようだ。

これがおかしな方へ向いていかなければよいのだが――。

清次は、ふっと胸騒ぎを覚えたのであった。

二

その夕から、おくみはお夏の居酒屋に、やたらと来るようになった。

清次からの報せを受けたお夏は、

「きっと、ろうそくの旦那を探しているんだろうねえ」

と、見て取った。

お夏はおくみのことが以前から気になっていた。

飯を食えばさっさと帰っていくのだが、荒くれ達が喧嘩の話をし始めると、その時は食い入るように耳を傾けていた。

そこに彼女の生い立ちに潜む闇の部分を見ていたのである。

すると、津田幹蔵がその夕もやって来て、いつものように黙然として、二合の酒を頼み、湯豆腐に油揚げを入れた小鍋と、浅蜊《あさり》とねぎの煮付で、なめるように飲み始めた。

その途端、どこかで待ち伏せしていたかのごとく、おくみがやって来て、

「旦那、あの折はすみませんでしたねえ」

と、まとわりつき始めた。

「うむ……」

幹蔵は、礼は要らぬとばかりに、おくみをちらりと見ると、黙って酒をちびりちびりとやった。

「旦那、さっきもお願いしたように、考えていただけませんかねえ」

と、おくみは切り出した。

「その話なら、最前も言ったように、おれはできない」

幹蔵はきっぱりと応えて、おくみを寄せつけなかった。

「どうしてです？」

「お前は何か思い違いをしているらしい」

「思い違いなんてしていませんよ」

「おれは、お前が思っているような凄腕ではない」

「そんなことはありませんよ。あたしの目は欺けませんからね」

「言っておくが、おれはこれでも武士の端くれだ。町の者達よりもいささか強かったとしても、それは当り前ではないか」

「旦那はそういうところが、何というか、奥ゆかしいんですねえ」

「そういう口の利き方をするから絡まれるのだよ」

「誉めているんじゃあないか。まあ、考えておいてくださいな」

と明るく言い置いて、その日、おくみは帰っていった。

店の者達は、この二人がこんな風に親しげに話している姿を見て、興をそそられはしたが、幹蔵はにこりともせずに、二合の酒を飲むとすぐに帰っていったから、誰も声をかけられぬままに終った。

おくみは思いの外に心得ていて、他の客には聞こえぬくらいの声で話していたので、それほど気にもならなかったと言える。

しかし、その日を境に、お夏の居酒屋で、二人のそんな様子は何度も見られるようになり、これを見かけた常連客達は、次第に気にするようになった。

幹蔵は、お夏の居酒屋に集う常連客とは一線を画していて、不動の龍五郎を中心とする、一癖も二癖もあるような連中が来そうな時分に来るのを控えていたきらいがある。

お夏と清次は、おくみが幹蔵に何を持ちかけているか、大よそわかっているだろうが、客のことには立ち入らないのが流儀であるから、この二人に訊ねたところで、

「さあ、近頃何だか仲が好いみたいだけど、いったい何を話しているんだろうねえ……」

そんな風にはぐらかされるのは目に見えている。

それで、ある者はおくみに、またある者は幹蔵を店で捉まえて、

「団子売りの姉さんよう、近頃、ろうそくの旦那と何を企んでいるんだい」

だとか、

「旦那、団子売りの姉さんに随分と見込まれていなさるようだが、いってえ何の相談ですかい。気になりますねえ」

などと訊ねるようになった。

おくみも幹蔵も口を濁したが、二人の会話から漏れ聞こえる言葉を集めてみると、どうやらおくみは、

「旦那、あたしの用心棒になっておくれよ。頭にくる奴がいてね。そいつに仕返しをしてやりたいんだよ」

と、幹蔵に持ちかけているらしい。

「ふふふ、そうかい。そいつは無邪気なもんじゃあねえか」

不動の龍五郎は、おくみの勝気さを認めていたから、それを聞くと、

「余ほど頭にくることがあったのだろうよ」

と、笑ってすませた。

言い寄るおくみに幹蔵が、

「おい、お前は何度言えばわかるんだ。そんな話に大の大人が、ほいほいと乗るはずはねえだろう」

と、くだけた口調で返しているのを何度も耳にしていたので、ただの頬笑ましい風景だと捉えたのだ。

しかし、津田幹蔵も、飯を食べに来る度にそんな無茶な話をふってこられては大変であろう。

おくみの催促が度重なると、

「ろうそくの旦那も、ちょいと気の毒だなあ」

などと客達は囁き合ったものだが、それと同時に、

「あの旦那は、そんなに強《つえ》えのかい？」

という興もそそられる。

それでも、用心棒になってくれというのは、孤独なおくみが、自分を助けてくれた幹蔵に構ってもらいたいがための方便に違いなかろう。

とどのつまりはそこへ落ち着いて、十日もすれば、何も言わなくなった。

そしてその間も、おくみの幹蔵への働きかけは続いていたが、相変わらず幹蔵は取り合わず、いつしかそれも居酒屋のいつもの風景となって溶け込んでいった。

「ああ、こんなことなら、あの時、お前に助け船を出さなければよかった」

そんな風に溜息をつく幹蔵は、嫌がりながらも、

「旦那も薄情な男だねえ。こんなか弱い娘が助けを求めているというのに……」

「どこがか弱いのだ」

「お礼はしますよ」

「団子売りの上前をはねるつもりはない」

「まず話を聞いてくださいよ」

「話を聞けば引き受けたことになる」

「まったく、ああ言えばこう言う……」

「それはお前だろ」

こんな会話をするのが、それはそれで楽しくなってきたのかもしれない。

店へ来れば、おくみに捉まるのはわかっているのに、毎日のように居酒屋に飯を食べにやって来た。

「あの団子売りのせいで店に来られなくなるというのも業腹だからな」

と、ぶつぶつ言っていたが、

「旦那、あんまり酒の邪魔なら、あたしが追い払いますよ」

お夏にそう言われても、

「いや、それには及ばぬよ。あの団子売りも、おれに絡むと気が晴れるのだろう」

さらりと応えた。

こっちもかわす術が身についたから、好きにさせておいてやってくれと言うのだ。

用心棒になってくれという物騒な話も、店の客達が〝いつものこと〟だと笑って見てくれているのなら自分も気にせずともよいと、幹蔵は考えているらしい。

「おれはこの店が気に入っているのでな。あの小娘に追い出されてなるものか」

幹蔵はそのように嘯《うそぶ》くのであった。

清次の話によると、幹蔵が遊客の二人組相手に見せた術は、なかなかのものであったという。

それだけの腕を持ちながら、今ひっそりと蠟燭の芯づくりをして暮らしているのには、色々と理由があるのだろう。

そういう者にとって、お夏の居酒屋はありがたい店である。

過去を語らずとも馴染みになれて、便利に酒食にありつける。

こういう店はなかなか他に見つからない。

おくみの煩《わずら》わしさを、むしろ安らぎにせんとすることで、幹蔵は目黒での暮らしに希望を見出さんとしているのかもしれなかった。

しかし、おくみはというと――。

彼女の勝気さと屈託のなさが、幹蔵への用心棒要請を、どこか頬笑ましいものに思わせてしまっているが、

「あの子なりに、本当に頭にくる奴がいて、いつか殺してやりたいと考えているのかもしれないよ」

と、お夏は見ていた。

幹蔵はまるで取り合わないが、いつか誰かがその辺りのおくみの心の暗部を取り上げて、穏やかに諭してやるべきではなかろうか。

次第にそのように思えてきたのである。

三

おくみはまだ十五の娘である。しかも身寄りがない。物売りなどをしていると、

やり切れないことも多いのであろう。

――少し構ってやってもよいか。

と、お夏が考え始めた時。

「お前は、聞くところによると、頭にくる奴がいて、そ奴に仕返しをしてやりたいそうだね……」

彼女に声をかけた者があった。

近頃、お夏の居酒屋に時折飯を食べに来るようになった茂利長十郎《もりちょうじゅうろう》という、初老の浪人であった。

長十郎は今年になってから、居酒屋からほど近い妙圓寺《みょうえんじ》に寄宿している。

それまでは東海のさる大名家に仕えていたというが、詳しいことは誰も知らなかった。

穏やかな武士で、今は世捨人のように木彫りの仏像を思うがままに拵えて、風光明媚な目黒の自然に触れて暮らしているのだ。

仏具屋〝真光堂〟の後家・お春《はる》によると、

「なかなか見事な仏像を彫るのよ。譲ってくれという人もいるくらいだから、その気になれば、この先食べるには困らないと思いますねえ」

であるそうだ。

いつもにこにことしていて人当りもよいので、道を歩くと方々から、

「先生……」

と、声がかかる。

とはいえ、そんな風になるのにも、それなりの歳月がかかったのであろう。

お夏と清次の目には、どことなく謎めいた様子に見える。

そんな人だけに、彼もまた過去を語らずともよい、お夏の居酒屋を気に入ったのかもしれない。

だが、人のよさそうな長十郎だけに、おくみのことが気にかかったようだ。

ある日のこと。

そろそろ幹蔵が来る頃であろうと、おくみが居酒屋へ入ってきて、

「小母さん、何か食べさせておくれ！」

と、元気よく注文したところで、長十郎は彼女に件の問いかけをしたのであった。

「頭にくる奴がいて、そ奴に仕返しをしてやりたい……」

おくみは長十郎の問いを繰り返してから、

「はい。その通りでございますよ」

悪びれずに応えた。

「ははは、やけにあっさりと応えたものだが、お前のような好い娘が、そんな風に人への恨みを持ち続けてよいものかな」

長十郎は諭すように言った。

「まあ、それは、先生の仰る通りですがね……」

おくみは思いの外に、殊勝な表情となった。

一人でたくましく生きる彼女に、こんな風に声をかける大人は少ないのであろう。

少し呆気にとられたという様子であった。

長十郎には、それがかわいいと映ったようだ。

「今は、商売の方はどうだい？　何とか食べていけているのかい？」

呐々《とつとつ》と訊ねてやる。

「ええ、まあ、これでもあたしがいるから、お団子屋さんも繁盛している、なんて言われておりますからねえ」

「それは大したもんだ。では、きっちりと駄賃はもらっているわけだな」

「そのあたりは抜け目なくやっております。きっちりと払ってくれないなら、他所《よそ》の団子を売り尽くしてやる、なんてね」

「ははは、そいつは好い。この前、お前を見かけたので、一串もらおうと思うたのじゃが、もう売り切れた後でな」

「そいつはすみませんでした。明日は先生のために残しておきますから、見つけたら声をおかけください」

「そうするとしよう。では、女一人、暮らしにも困らずに立派にやっているのだ。お前は偉いねえ」

「偉いと言われると恥ずかしいですよう」

おくみははにかんだ。その表情はあどけない子供のままだ。

「だが、いただけぬのう」

「仕返しのことですか？」

「ああ、お前にとっては余計なことじゃよ。頭にくる奴を何とかしないと、今の仕事が続けられぬのか？」

「いえ、そんなことはありませんが……」

「そんなら忘れてしまうことだ。お前のような、利口で頭がよくて、縹緻のよい娘なら、女房にしたいという男はいくらでも出てくるはずだ」

「どこからも声はかかっておりませんよ」

「それはまだお前が、気に入らぬ奴を、用心棒を雇って痛めつけるなどと叫んでいるからじゃよ」

そう言われると、おくみは黙ってしまった。

「お前を女房にしたいと寄ってくる男の中から、女房を大切にしてくれる、働き者を選ぶのじゃよ。お前のような頭の好い娘なら、きっと好い男を選べるはずじゃ。そうして所帯を持って幸せに暮らす……。誰かに仕返しをしてやろうなどと考える暇があれば、そんなことは忘れてしまって、明日のことを考えたらどうじゃな……」

長十郎の意見はいたってまともであった。

道理のわかった先生だ――。

二人の会話を聞くとはなしに聞いていた客達は一様に相槌を打っていた。

お夏と清次にしてみても、

――やっとまともな説教をする大人が出てきた。

と、思われて、ほっとしたものだ。

ちょうどそこへ、このところは分別がつき始めた口入屋の政吉が入ってきて、

「先生は好いことを言いなさるねえ」

感じ入って頷くと、

「いや、考えてみれば、団子売りの姉さんが誰かに仕返しをするというのを、おもしろがって聞いていたおれ達もいけなかったようだ。どうせ相手はろくでもねえ奴なんだろう。関わりにならずに、忘れちまうことだな」

彼もまた、おくみを諭しにかかった。

おくみは黙って聞いていたが、決して得心したわけではなかった。

「口入屋の兄《あに》さんは、先生の言葉を受けて、さぞ好いことを言ってやったと、思っているのだろうねえ」

皮肉っぽく言葉を返して、悦に入っている政吉をどぎまぎさせた。

「嫌なことは忘れてしまって、明日から幸せに暮らしゃあ好い……。そいつはごも

っともなご意見でございますがねえ。兄《あに》さんには、こいつだけは許せない、そんな奴は今までにいませんでしたか」

おくみはしっかりとした口調で、言葉を続けた。

「そりゃあ、許せねえと思う奴は、誰にだって一人や二人くれえはいるものさ」

政吉は、小娘相手に貫禄を見せたが、

「その許せない奴をどうしたんです？」

「そりゃあよう、追いかけ回して痛《いて》え目に遭わせてやったぜ」

「たった一人で？」

「それがよう、そいつは弱《よえ》えのに恰好をつける野郎で、乾分を二、三人従えて歩いてやがったから、こっちも助っ人を呼んで……」

得意げに言って、思わず口を押さえた。

「そんなら、あたしが用心棒を雇いたいという気持ちはわかってくれるよねえ。先生はどうです？」

おくみはさらに長十郎に問うた。

長十郎は苦笑して、

「確かに、長く生きていると、頭にくる奴、許せない奴と出会《でお》うたものだが……、出会うたからといって、わたしと違ってお前は……」

さらに諭さんとしたが、

「お前はまだこの先を長く生きなければいけない娘だから、忘れてしまえと言いたいんでしょうねえ」

「うむ……。まずそういうことだな」

「この先、長く生きないといけないからこそ、胸の内に溜ったものを吐き出してしまいたいのですよ。娘だから、女だから、辛抱して明日を生きろと言われても、あたしは、えずきながら生きていくのはごめんなんですよう」

こう切り返されては、次の言葉が見つからなかった。

勝気で利口な娘とは思っていたが、おくみは小娘とは思えないほどに、言うことに味わいと妙があった。

お夏はニヤリと笑って、

「なるほど、あんたの言う通りだよ。胸の内に溜ったものを吐き出せないままなら、生きていたって辛いものさ。男であろうが、女であろうが、大人であろうが、子供であろうが、それは皆同じだ」

　思わず、おくみの肩を持つような言葉を口にしていた。

　すると、おくみも一斉に客から見つめられてばつが悪くなったのか、またあどけない表情に戻って、

「へへへ、口はばったいことを言ってごめんなさい。あたしはこんな風に、人から親切にされたことがないから、あれこれ声をかけてもらって嬉しかったですよ」

　にっこりと笑ってみせた。

「でも確かに、嫌なことは忘れて、明日幸せになることを考えて暮らすのが何よりかもしれませんねえ……。今日のところは出直しますよ」

　そして、おくみは飯も食べずに、そそくさとお夏の店を出て、駆け去ったのだ。

　政吉は首を傾げながら、

「おれが下手に出しゃばったから、おかしな様子になっちまったのかい？」

　申し訳なさそうに言ったものだが、

「いやいや、わたしが余計なお節介をあの子に焼いてしまったのです。この店で軽々しく人に説教をするなんて、まったく行儀知らずでした。わたしも歳をとりま

したよ。ああいう娘を見ると、つい構いたくなってしまって……」

と、長十郎は頭を掻いた。

「ふふ……」

お夏は愉快そうに笑った。

「歳をとったとか、そういうことじゃあありませんよ。先生と政さんが誰よりもまともで、やさしいお人だということですよ」

政吉は何度も頷いて、

「そうだよな。おれだってまともなことを言ったよな。まあ、その、助っ人を頼んで仕返しをした話は、まったく余計だったけどよう」

得意満面で言った。

その様子がおかしくて、居合わせた客はどっと笑った。

そこへ、津田幹蔵が一人で縄暖簾を潜って入ってきた。

「旦那、ちょうど好いところに来ましたねえ。うるさいのは、ちょっと前に出ていきましたからね」

お夏がすかさず声をかけた。

「左様か。それはありがたい」

酒は二合まで、肴は清次に任せる。

それが幹蔵の居酒屋での決まりゆえ、彼は黙って床几に腰をかけるだけであったが、おくみがいないと聞いて、いささか拍子抜けした風情であった。

ああでもない、こうでもないと言いながらの問答が、いつしか幹蔵の励みになっていたのかもしれない。

「それでは、わたしは帰るとしよう」

入れ替わりに、茂利長十郎が立ち上がった。

「あの娘が、三顧之礼を尽くそうという貴殿は、大そう強いのであろうなあ」

そして去り際に、長十郎は幹蔵に声をかけた。

「さて、それが困りものでござる。あの娘はとんでもない思い違いをしておりましてな」

幹蔵は、丁重に言葉を返した。

そういえば、この二人がここで言葉を交わしたのは初めてであったような気がする。

お夏は、店に来てから日が浅い、津田幹蔵、茂利長十郎、そしておくみの三人が、こうして繋がっていくのがおもしろかった。

胸に孤独を抱えた三人が、同じような時期に目黒へ来て、お夏の居酒屋で互いを知る。

そんな様子を眺めていられるのが、この商売の醍醐味なのだと、改めて思われた。

過去に難ありの連中が集う店にしてしまったがために、苦労が多くていけない

——。

そんな自嘲《じちょう》の念までもが、今のお夏には楽しかったのである。

四

「あたしの用心棒になっておくんなさい……」

まだ小娘の団子売りにこんなことを言われても取り合えるはずがない。

かといって迷惑がってやるのも情がなかろう。

そんな気遣いを見せて、やさしくあしらってやる津田幹蔵であった。

とはいえ、おくみに男と見込まれたのだ。何度も何度も頼んでくるのなら、せめておくみの抱えている事情くらい聞いてやってもよかろうと、心の内では思っていた。

おくみが先に帰ったと聞き、

「左様か。それはありがたい」

と、口では言ったものの、この日幹蔵は、

「よし、話だけでも聞いてやろう」

おくみと店で会えば、そう言ってやるつもりであった。

それが、茂利長十郎に諭されて自分に会わずに帰っていったとは、

「あのはね返りにも、慎み深いところがあるのだ……」

と思われて、胸が締めつけられた。

おくみも、たった今意見をもらった人の前では、自分に喋り辛かったのであろう。

今日はひょっとして、おくみも何故こんなことを頼むのか、自分の方から話そうと考えていたのかもしれぬというのに――。

そう考えると、幹蔵はおくみが不憫《ふびん》に思えてきた。

二合の酒をゆったりと飲み、浪宅に戻ってから、蠟燭の芯づくりにかかったが、どうも心が晴れなかった。

こんな時は酒を飲んで寝てしまうに限るが、酒は二合までと決めていた。

酒に溺れた昔がある幹蔵は、この誓いを破るようでは、自分はもう人でなくなると、己に言い聞かせているのだ。

——余計なお節介をしたものだ。

彼は溜息をついた。

男二人に食ってかかってはいたが、物売りなどしていると、時にあのような客と遭遇することとてあろう。

放っておけば、それなりに収まったのではなかったか。

遊客二人は勇み肌ではあったが、素人なのだ。怪我をさせられることもなかったはずだ。

——何故、あの場に割って入ったのか。

その答えはわかっている。

以前から、居酒屋で見かけるおくみが、ある女に似ていたからなのだ。

おくみと話せば話すほどに、あの女の思い出が蘇り心が痛む。

眠れぬ夜を明かした幹蔵は、翌朝になると、目黒不動の門前を歩き廻った。

彼の目は、団子を売るおくみの姿を求めていた。

首からかけた箱に、一串四個刺の団子を入れて売り歩く。

「中は甘い餡《あん》入りだよ！」

おくみの売り声は、よく通る実に爽やかな響きで、

「あの人は今、小腹がすいているようだ」

との見分け方が上手い。

「甘いのを口に溜めといて、後で店でお茶を飲んでやってくださいまし」

そう言われると、不思議と道行く者は買ってしまう。

たちまち箱を空にして、また団子屋へ戻るので、おくみの姿はすぐに見つかるはずだ。

誰に訊いたわけでもないのだが、幹蔵はいつしかおくみの日常を知っていた。

——だが、どうであろう。

幹蔵は、はたと歩みを止めた。

茂利長十郎という初老の武士に諭されたおくみは、その意見を受け容れたかもしれない。

長十郎とは、初めて言葉を交わしたが、二度ばかりすれ違いに姿を認めていた。穏やかな人柄で、慈悲深いというから、彼もおくみを放っておけない一人なのであろう。

幹蔵の目に、長十郎は、ただやさしい浪人者ではなく、強さを併せ持った武士に見える。

彼の意見が胸に響いたのなら、この先は自分ではなく、長十郎を頼るのもよかろう。

自分よりも頼り甲斐があるだろうし、頭も切れるはずだ。

そんな考えに囚われた時、

「旦那！　捉まえたよ！」

いきなり屈託のない声がしたかと思うと、目の前におくみが現れた。

「捉まったか……」

幹蔵は笑ってしまった。

おくみの表情には何の変化もなかった。

「昨日はちょっと邪魔が入っちまってね。旦那を口説き損ないましたよ」

「おい、邪魔という奴があるか。茂利さんの意見は道理ではないか」

「まあ、確かに。ありがたいお言葉でございましたがね。人に言われて、旦那との話をそのままにするような無礼者じゃあございませんので」

「無礼者大いに結構だが、お前には根負けをしたよ」

「そんなら、あたしの用心棒になってくれるのかい！」

「声がでかいや……。まずお前の事情を聞くと言っているのだよ」

「へへへ、聞いたら断れなくなりますよ」

「馬鹿、言っておくが、すぐには応えは出さぬぞ。居酒屋の女将の前で話してもらうからな」

「お夏の小母さんの前で？」

「ああ、おれ一人の考えだけでなく、あの女将の考えを聞いた上で、お前の仕返しを手伝ってやろう」

「てことは、引き受けてくれるってことだね。そうだろう……？」

「お前の味方をしてやるってことだ。だが、お前の話次第、女将の意見次第では、どう転ぶかわからぬぞ」

「なるほどねえ」

「大勢の前で話すことになるかもしれぬが、それで好いな」

「わかったよ。あの小母さんは頼りになる人だからね」

「聞いてもらった方が、きっと好い智恵が出るはずだ。仕返しというのはな、相手を叩くより、叩いた後の方が難しいのだよ」

「旦那の言う通りだね。それで旦那がお縄になっちまったら大変だからね」

「おれの身を気遣ってくれるのか」

「当り前だよ、あたしのために罪咎を受けたんじゃあ、後生が悪いよ」

「そう思うのなら、そもそもおれを引き込むんじゃないよ」

「言っておきますがねえ……、お礼ははずみますよ」

おくみはそう言って、辺りを見廻すと、そっと幹蔵に耳打ちした。

「五両だと……?」

幹蔵は声を潜めた。

「悪い話じゃあないだろ。あたしだって、旦那に少しは儲けてもらおうと思っているのさ」

おくみは、鼻をつんと上に向けてみせた。

「お前、そんな金をどうして……」

「お金の額は皆には内緒だからね。出どころがどこかは、小母さんの店で話すよ」

「よし、わかった。今日の夕刻七つ（午後四時頃）に居酒屋で会おう」

「ありがたい。そんなら旦那……」

おくみは、ニヤリと笑うと、

「甘い団子だよ。甘い餡入りだよ」

いつもの売り声を放ちながら参道を歩き始めた。

五

その夕。

おくみは、いそいそとお夏の居酒屋にやって来た。

津田幹蔵は、おくみと約束した後、すぐにお夏の居酒屋に顔を出し事情を話すと、

「まず、一緒に聞いてくれぬかな」

と頼んだ。

「旦那も、とうとう根負けですかい?」

お夏は、茂利長十郎と口入屋の政吉に意見をされたおくみが、また、あっけらかんと幹蔵を捉まえて頼んできたと聞くと、楽しくなってきた。

いよいよ話だけは聞いてやるが、仕返しのために用心棒を雇うなど、可憐なおくみに似つかわしくない話である。それゆえ、一緒に聞いてくれという幹蔵の物の考え方には頷けるものがあった。

お夏は、自分からおくみに彼女が抱える事情を訊ねるのは気が引けたが、身寄りもなく、どこか危なっかしいお転婆が、随分と気になり始めていたのは確かであった。

こういう機会に聞いておけるなら言うことはなかった。

「聞くのは大いに結構だけど、決めるのは旦那ですよ。まあ、おかしな話をしたら、あたしも黙っちゃあいないだろうけどねえ」

　そんな風に応えていると、そこがこの店の恐ろしさで、夕刻の七つになると、どこで耳に挟んだのか、常連達が何食わぬ顔をしてやって来て、ちゃっかりと話に聞き耳を立ててんとそれぞれが席についた。

　意気揚々とやって来たおくみも、一旦、浪宅へ帰ってから出直した幹蔵も、思わぬ客の多さにたじろいだものだ。

　しかし、客の中に不動の龍五郎、政吉、医者の吉野安頓《よしのあんとん》、為吉、源三《げんぞう》、乙次郎といった顔があると、妙にほっとするから不思議であった。

　お夏は無言のうちに、

「この馬鹿達のことは気遣わないでいいから、今日はまず、思うがままに話せばいいよ」

　おくみに目で伝えていた。

　そういう微妙な人情が、この娘には物言わずとも通じると思っていたのだ。

　清次は黙々と、おくみには飯を、幹蔵には二合の酒と白魚の玉子寄せなどの肴を出してやる。

「まあ、食いながら話そう」

幹蔵は、やや緊張を浮かべながら、おくみに言った。

方々の席で、うるさくない程度の声で客達が話し始めた。

「おれ達は聞いていねえよ」

という、見えすいた気遣いなのだが、これで二人はひとまず話しやすくなった。

二人は板場近くの小上がりに、お夏はその近くにある鞍掛《くらかけ》に腰をかけ、小上がりの框《かまち》に煙草盆を置いて、ゆったりと煙管で煙草をくゆらせた。

思えばこうして、どれだけの人の生き様を見てきたか――。

「お前は、どうしても許せぬ奴がいて、そいつに仕返しをしてやりたいから、おれを用心棒に雇いたいと言うが、まず、誰のために仕返しをしてやりたいのだ」

幹蔵が切り出した。

「それは……」

おくみは、言葉を詰まらせたが、

「お父っさんのために……」

やがて無念の表情となり、声を押し殺しつつ言った。

「お前の父親は殺されたのかい？」

幹蔵は、静かに問うた。

「殺されたも同じ、というところです」

おくみの父親は、駒下駄の左右兵衛《そうべえ》という、鉄砲洲《てっぽうず》界隈では人に知られた俠客であった。

乾分を持たぬ一本気の男で、煙草屋を営みつつ、喧嘩の仲裁や、揉めごとを収めるのに奔走していた。

おくみは十の時に母親を亡くし、それからは、煙草屋の切り盛りから、家のことなどもこなし、立派に左右兵衛を支える評判の娘であった。

ところが二年前。

近頃、築地、鉄砲洲界隈で幅を利かし始めた、芦辺屋宇太三《あしべやうたぞう》と揉めることになる。

宇太三は悪辣な高利貸しで、弱い者を踏みつけにして力をつけていた。

証文を勝手に書き換えたりするのも平気で、騙《だま》されて困窮する者が続出した。左右兵衛はそんな連中のために宇太三との間に入って、話をつけてやろうとした。

宇太三は、左右兵衛の顔を立て、話が違うと指摘されたところは、証文を引っ込めた。それゆえ左右兵衛は面目を保ったのだが、ある夜、家の前で何者かに襲われ大怪我を負った。

相手は散り散りに逃げてしまったので、誰に襲われたかは、わからず終いであった。

しかし、それが宇太三の差し金であったのは明らかである。

目端の利くおくみは、芦辺屋に出入りしている破落戸を時折窺《うかが》い見ていた。

そして左右兵衛が襲われた時、外が騒がしいので表にとび出した彼女は、逃げていく賊の中にその内の一人を認めたのであった。

それでも、その奴は芦辺屋の乾分ではなく、

「金を借りに出入りする者は、多うございますからねえ」

そういう者の一人であると、宇太三は言い張り、袖の下で便宜を図る役人は、以前から左右兵衛に意趣を抱いていた破落戸が、通りすがりに左右兵衛を認め、喧嘩をふっかけたのであろうと断じた。

左右兵衛自身、咄嗟のことで覚えておらず、何か所も匕首で刺された状態では、ろくに取り調べに応えられなかったし、役人にとっては渡世人の争いなど、どうでもよかったのである。

そして、左右兵衛はそれから数日後に息を引き取った。

侠客として生きたのだ。いつどこで命のやり取りをするかもしれないし、何かあったとて、役人からは素人衆のように扱われもしまい――。

左右兵衛は日頃からそう言っていたので、おくみも諦めたが、宇太三はしゃあしゃあと葬儀に現れ、

「親分は大したお人でしたぜ」

などと心にもないことを言って、

「だが、立派な親を持つと、娘は大変だねえ……」

どこか嘲笑《あざわら》うような口振りで、五両の香典を置いていった。

「あたしは、あの芦辺屋宇太三だけは許せないんですよう」

おくみは、いつものはきはきとした物言いが一変して、打ち沈んだ表情となった。

しっかりとおくみの事情を聞きとった常連達は、一瞬息を止めて、おくみの無念を思いやった。

それで、居酒屋の内は静まりかえった。

おくみは、自分の生い立ちを知られた恥じらいに顔を赤くした。

その様子がまた、哀愁を誘ったものだ。

おくみは、腕が立つと見込んだ幹蔵を用心棒として、宇太三を亡父・左右兵衛と同じ目に遭わせてやろうと考えていたのだ。

団子を売っていたら嫌がらせを受けたので、その相手に仕返しをしてやりたい――。

それくらいの話かと思ったが、もっと大きな話であった。

侠客の娘の仇討ちと言えよう。

――なるほど、それで五両か。

宇太三が香典に置いていった金を、用心棒代にそっくり充てようとしたのだと、幹蔵は気付いた。

「なるほど、そいつはお前も大変だったな。親父殿はさぞかし立派な人だったんだろう。おれなどとは大違いだ」

話を聞いて幹蔵は、おくみを労《いたわ》った。

「だが、お前の恨みを晴らすのは、一筋縄ではいかぬ」

「わかっていますよ。仕返しってえのは、後が大変なんだろう？」

「そういうことだ。宇太三という野郎は、お前の親父殿を殺した罪咎に問われれちゃあいないんだ。これじゃあ端《はな》から仕返しにはならねえよ」

「あたしは嘘をついちゃあいないよ。お父っさんを襲った奴は、確かに宇太三のところに出入りしていた男なんだよ」

「きっとそうなんだろう。だが、お前が勝手に仕返しをすれば、お前が罪咎に問われることになるぜ。それじゃあ亡くなった親父殿も嘆くだろうよ」

「それじゃあ、あたしはこのまま、奴への恨みを抱えながら生きていかないといけないのかい」

「だから、じっくりと策を練るべきだと言っているのさ。お前が鉄砲洲を出たのは好い分別だったよ。奴らは次にお前を狙ったかもしれぬからな」

「奴らがあたしを？」

「そのまま鉄砲洲でがなっていればってことだ。だからひとまずおれが用心棒になって、いざって時は守ってやろう」

「いざって時？」

「たとえばどこかで、お前がばったりと宇太三と出会う。お前が罵る、相手が腹を立てて襲いかかってくる。そうすれば、おれもお前を守れるってもんだ」

幹蔵はそう言ってニヤリと笑った。

「なるほど、それが策を練るってことだね」

おくみの表情がぱっと明るくなった。

聞き耳を立てていた客達も、幹蔵の言葉に喜んで、いつもの喧騒が蘇った。

幹蔵はお夏を見て、

「女将、そんなところでどうだい？」

と、問うた。

お夏は、煙管の雁首を吐月峰《とげっぽう》に叩きつけると、

「じっくりと策を練る……。旦那が手伝ってあげるのなら、それで好いのではないですかねえ。団子屋の姉さん、腹が立つからって、ことを急《せ》いちゃあいけないよ」

と言って、おくみを戒めると、

「まず、あたしなんかが言えるのは、それくらいのことだけど。旦那、お前さんがそんなに喋る人だとは思いませんでしたよ」

と、からかうように言ったものだ。

同じ想いであった常連客達はどっと笑ったが、この場には茂利長十郎がいなかった。

――あの先生なら、何と言うだろうねえ。

策など練るまでもない。左右兵衛の死は無念であっても、渡世人、侠客の意地を見せた立派なものだ。

まだうら若き娘が、その仇討ちに取り憑かれるというのはどうであろう。

悪は放っておいても滅びるのだ。やはり今は自分が幸せになることを考えるべきだ。

皆も、おくみに仇を討たせてやろうじゃあないかという人情ではなく、おくみによい縁談を持ってきてやるなど、他に構ってやりようがあるだろう……。

お夏は長十郎が、そんなことを言いそうに思えるのだ。

それにしても――。

策を練るということで、津田幹蔵はとりあえず今日のところはしのいだが、

――この先、どうなることやら。

お夏の心の内が手にとるようにわかる清次は、

「津田の旦那ってえのは、いってえどういう人なんでしょうねえ」

彼の凄腕を見ているだけに、まずそこが気になるようだ。

いずれにせよ、この店を舞台に一騒動起こりそうな予感がする。お夏と清次は、困ったものだと思いながら、つい胸が躍ってしまう自分達の性に呆れつつ、しっかりと気を引き締めるのであった。

六

津田幹蔵は、その翌日からお夏の居酒屋に来なくなった。

おくみの用心棒を引き受けた日は、居酒屋の片隅で膝をつき合わせて、芦辺屋宇太三をいかに痛めつけてやるかを相談した。

おくみは、父・左右兵衛の死後、鉄砲洲に住み辛くなったので、目黒へやって来て、かねてより交誼があった団子屋で働き、復讐の日を待っていた。

だが、目黒に来たのには他にも大きな理由があった。

おくみは、宇太三が月に一度、白金三鈷《さんこ》坂《ざか》にある出合茶屋に足を運ぶという情報を仕入れていた。

その出合茶屋は、宇太三の乾分が主に納まっている。金の出どころは宇太三で、そこを拠点に高利貸しもさせていて、月に一度集金がてら様子を見に来るのだ。

乾分は宇太三の機嫌をとるために、その日は酒と女を揃えて待っているから、それが宇太三の楽しみになっているらしい。

三鈷坂辺りは夜になれば、寂しい人けのない道が続く。

そこは目黒にほど近いが、信心のかけらもないような男であるから、宇太三が足を延ばして目黒不動に参ることなどまずない。

日々大人になっていくおくみが、芦辺屋の連中に気付かれることはなかろう。

この地で助っ人を雇い、宇太三を待ち構えて死ぬほど痛めつけてやる。

おくみはそう企んでいたのだ。

実際、宇太三が出合茶屋を訪ねる姿も、自分の目で確かめていた。

「女一人で、そんな寂しいところへ探りに行ったのか？」

幹蔵は感心したものだ。

その折、宇太三は乾分二人に用心棒一人を連れていたらしい。

そうなると、相手は強敵ではあるが、

「宇太三を入れて四人。不意を衝いて用心棒を倒せば、後はどうということもあるまい……」

幹蔵はこともなげに言っておくみを感心させたのだが、

「おれもまず、敵を知らねばなるまい」

そう言って翌日から、芦辺屋宇太三について調べ始めた。

おくみを疑うわけではないが、父の仇となれば、ひたすら相手を憎むあまり、自分の方の落度に気付かぬ場合もある。

悪人でも人を狙うとなれば、裏付けを得られないと助っ人は出来ない。

それが幹蔵の信条であった。

おくみは、幹蔵に何もかも任すと共に、彼に助けを求めた自分の目に狂いはなかったと満足した。

こういう慎重さこそ、用心棒には必要であろう。

あっという間に、男二人を地面に這《は》わせた術は、やはり本物であったのだ。

まず幹蔵が事実を確かめる間、おくみは大人しく団子を売ることにした。調べるためには金も入用になるだろうと、幹蔵には五両の内の一両を渡しておいた。

侠客・駒下駄の左右兵衛を支えた娘である。まだ齢十五でも、それくらいの智恵は回るのだ。

おくみは興奮を抑えられなかった。芦辺屋宇太三憎しのあまり、少しでも早く大人になりたい、そして一日も早く仕返しをしてやる。

そう思って暮らしてきたが、これと見込んだ浪人が、腕に覚えがあるだけではなく、一旦引き受けると、自分のためにここまで骨を折ってくれたのだ。

おくみの期待はますます膨らむ。

――いや、落ち着かないといけない。

じっくり策を練ろうと誓ったのだ。まだ復讐は始まったばかりなのだ。

心が方々に走ると仕事が手につかない。いつもなら初めの一箱はとっくに売り切ってしまっているはずが、団子はまだいくつも残っていた。

「二串もらおうか……」

すると、目黒不動の参道で声がかかった。

おくみは、はっと我に返って、

「これはありがとうございます！　声をかけてもらうなんて、今日はついておりますよ……」

元気な言葉を次々に発すると、見覚えのある穏やかな笑顔がそこにあった。

茂利長十郎であった。

「今日はまだ売り切れていないようだ」

「これは先生……、ふふふ、先生のためにとっておいたのですよ」

「ははは、それはよい」

「二串も召し上がるんですか？」

「一串はお前にあげよう」

「あたしに？」

「売り切ってばかりでは、自分の口に入るまい。たまには味見をしておいた方がよいと思うがのう」

「そういえば、売っているお団子を、長いこと食べていませんでしたよ」

おくみは、一串を長十郎に渡すと、

「そんなら遠慮なく……！」

あっという間にたいらげた。

「うん、団子の味は落ちていませんねえ……」

「ははは、好い食べっぷりだ」

長十郎は楽しそうに笑うと、自らも団子を食べて、

「うむ、こいつは甘い」

と、頷いてみせた。

「あ……、先生より先に食べちまいましたね」

おくみは首を竦めた。

長十郎は、その姿に心が癒されたようで、

「津田殿には、願いを聞いてもらったのかな」

と、おくみに問いかけた。

おくみは少し申し訳なさそうに、

「先生は気に入らないと思いますが、相変わらず旦那に話は聞いてもらっています」

と応えた。

お夏の居酒屋の常連客達は、人の秘密に関わる話は、面白半分に外へ広めないのが身上で、そこはおかしいほどに統制がとれている。

おくみが、お夏にこみ入った話を聞いてもらうようだと察すると、馴染みのない客が店に寄りつかないように、たちまち席を埋めてしまうのだ。

残念ながら、長十郎はまだその一人には認められておらず、幹蔵がおくみの事情をお夏に聞いてもらった上で、おくみの用心棒を引き受けた話は彼に届いていないようだ。

それでもおくみは、茂利長十郎には打ち明けておきたくなった。

長十郎が自分に対して、心からの意見をしてくれたことはありがたく思っていたし、信じるに足る相手だと感じていたからだ。そして、亡父の話をすると、

「なるほど、そんなことがあったのか……」

長十郎はおくみが仕返しをしたい気持ちに理解を示してくれた。

「じっくり策を練る……。あの居酒屋の女将が認めてくれたのなら、悪い方へはゆくまい」

「先生にそう言ってもらえると、気が楽ですよ」

「津田殿も頼りになりそうじゃ。いったいどういう人なのであろうのう」

「さあ、蠟燭の内職なんかしていますが、ここに来る前は、用心棒をしていたのではありませんかねえ」

「用心棒を……」

「そういう気がするのですよ」

「左様か……」

長十郎は深く頷いて、

「くれぐれも用心をするのじゃぞ。お前のような好い娘が、争いごとに巻き込まれるのは、見ておられぬゆえにのう」

しみじみと言った。

「大丈夫ですよう。じっくりと、じっくりと策を練ってかかりますから」

おくみは、引き込まれるような笑顔を向けた。

「何か困ったことがあれば、言っておいで。団子、うまかったぞ」

「いつもやさしくしてくれて、ありがとうございます。それじゃあ、残った団子、売り切ってしまいますよ。ごちそうさまでした！」

おくみは、幹蔵が姿を消した今、不安に襲われていたが、茂利長十郎と話したことで、随分と気が紛れ、いつもの力が湧いてきたようだ。

元気に長十郎に頭を下げると、勢いよく団子を売り始めた。

長十郎は、目を細めつつおくみが見えなくなるまで見送っていたが、次第にその目は鋭く、厳しいものになっていった。

七

津田幹蔵は、芦辺屋宇太三を調べると言ってから三日目の夜に、ふらりとお夏の居酒屋に現れた。

いつものように着流し姿であったが、その日は打刀《うちがたな》を落し差しにしていた。

ちょうど店を閉めようかという時分であったから、その成果を報せに来たのであろう。

常連客には、おくみの哀しい過去と、何故彼女が幹蔵に用心棒になってくれるよ
うねだっているかをわかってもらえたらそれでよかった。

おくみのために、どこまで仕返しに付合ってやるかは、幹蔵自身が決めることで
あった。

応援は多い方が好いが、いざ決戦となれば、意見はひとつでよい。

その、ひとつに見合うだけの修羅場を、居酒屋の二人は潜っていると幹蔵は感じ
たわけだから、お夏と清次もそれなりの覚悟をもって応じなければいけないのだが、

「旦那、今日の二合はもう飲んじまいましたか」

お夏の態度はまったくぶれない。

「いや、このためにとってあるよ」

幹蔵は二合の酒を清次に頼むと、

「確かに、芦辺屋宇太三って野郎は、どうしようもない悪党だったよ」

ぽつりと言った。

「そんなら、痛い目に遭わせてやる甲斐もあるってもんで」

お夏は笑った。

「ああ、おくみの親の仇だ。容赦はいらぬ……」

幹蔵は鉄砲洲で、自分を用心棒にしてくれる者はいないかと方々を当った。

時には町の破落戸共を叩き伏せて力を見せたから、たちまち裏道で生きる者達から一目置かれ、芦辺屋の情報があれこれ入ってきたという。

内容は、おくみが語った通りのもので、証文の書き換えなど、阿漕《あこぎ》な手口で貧しい者の骨までしゃぶり尽くし、気に入らぬ者を袋叩きにする……。

「手強い相手なんですかい？」

「いや、おれ一人でこと足りるだろう。乾分も用心棒も大した腕ではないようだ」

「どうしてやるおつもりで？」

「おくみの父親は、その場で殺されたわけではないから、奴も殺しはしない。生き地獄を見せてやるさ」

「首尾は？」

「三鈷坂で待ち伏せて喧嘩を売っておいて、一旦引き下がる。だがその時には相手も引くに引けなくなっていて、おれを襲う」

「なるほど、旦那は身を守っただけだ」

「そこんところを、一部始終見たという通りすがりの者がいるとありがたい」

「それなりの身分がある人でないと、旦那が悪者になっちまいますねえ」

「おくみに累が及ぶと厄介だ」

「お任せください。ちょうど好い人がおりますよ」

「礼は？」

「この店で一杯おごる。それからやっとうの稽古でお相手をする……」

「そんな物好きが、この世にいるのか？」

「それがいるんですよ」

「相手が務まるかどうかはわからぬが、心得た。だが何があっても助太刀は無用にな」

「そのようにお伝えしておきましょう」

「それは助かる」

　幹蔵はにこりと頰笑みを返した。

　清次は、ちろりで二合燗をつけ、いかの炙《あぶ》りと共に幹蔵の前に置いて、

「旦那は、酒は二合と決める前は、腕で稼いでいたのでしょうねえ」

ちびりちびりと飲み始めた幹蔵に問うた。

「そんな話をしてくるとは珍しいな」

「危ない仕事をする時は、自分のことを人に話しておきたいと思うんじゃあないかとね」

「さすがだな。ちょうどそんな気分になっていたよ」

「こっちも、ちょいと旦那を知りたくなりましたよ」

お夏が続けた。幹蔵はふっと笑って、やがて語り始めた。

「よくある話さ。親の代からの浪人者。剣術を志したものの、道から逸れて用心棒暮らし……。旅から旅へ、やくざ者の家に身を寄せたよ。だが、駿府《すんぷ》で剣術道場の娘と出会って、まともな道に戻りたくなった……」

娘は紀江《のりえ》といった。

無外流の剣客・毛受森右衛門《めんじゆもりえもん》の娘で、純情可憐にして朗らかな気性。

幹蔵は、町で見かける度に心が惹かれた。

道場主の森右衛門は、その時、諸国行脚の旅に出て留守にしていた。

今なら声をかけやすいはずだ。

ある日、袴《はかま》を着して町へ出て、道場を出た紀江に声をかけた。

「そなたは、こちらの道場のお方かな」

「はい、左様でございます」

紀江の声も弾んでいた。彼女もまた、時折幹蔵を見かけて気になっていたのであろう。

「旅のお方で？」

にこやかな表情で応えた。

「いかにも……、諸国行脚、修業中の者にござる……」

思わず幹蔵はそう応えていた。

「やはり左様で。よろしければ、いつでもお稽古にお越しください」

そう言われると、幹蔵の血が騒いだ。

やくざ一家の食客となりつつ、暇を見つけて道場へ稽古をしに行った。

師範、高弟不在であるゆえ、幹蔵の強さは光った。

素姓がばれるのが恐くて、長居せず、

「本日はありがとうございました」

と、引き上げたが、紀江に見送られ、

「やはり思った通り、お強うございますねえ」

と称えられると夢心地となった。

それからは、

「実は、他流での稽古は禁じられておりまして……」

道場へ行くのは控えたが、紀江との恋は燃え上がった。

ちょうどその時、紀江には縁談が持ちあがっていたが、彼女は父親が決めたそれに気乗りがしていなかった。

母親を失ってから、父との不和は続いていた。

剣術師範としての地位向上に余念のない森右衛門は、沼津の大名・水野《みずの》家の槍術指南役の息子に紀江を嫁がせ、自分は剣術指南役への推挙を願っていたのだ。

かつては、こういう大事な決めごとは、母親が間に入ってとりなしてくれたが、このところは何もかも父が強引に決めていくので、紀江の心の内に反発が起こっていた。

そのことにさえ気がつかぬ父が、紀江にとって日々疎ましく思えていた。

そして、幹蔵は身を寄せていたやくざの喧嘩に助っ人をして人を斬り、駿府を出なければいけなくなった。

幹蔵はすべてを打ち明けて、紀江に別れを告げたが、紀江は幹蔵に、

「連れて逃げてください」

と言った。

あらゆる状況が、若い男女を燃え上がらせて、幹蔵は紀江を連れて旅に出たのだ。

「江戸へ出て、もう一度剣を極め、武芸をもって生きよう。そうすれば、いつか紀江の父親もおれを認めてくれるだろう。そう思ってまた剣術に励んだが、食っていくのは大変だった。腹に子が宿ったと報されて、おれは女房に嘘をついて、また用心棒稼業に手を出してしまった。そういう自分が情けなくて、心のうさを酒で晴らした。それがいけなかった……」

ある日、酔って帰ってきた幹蔵は、前後不覚に眠りこけてしまった。

そして、目が覚めると、流産をした紀江が大量の血を流して倒れている姿を見た。

紀江は体の異変に気付いて、幹蔵を起こそうとしたが、幹蔵はそれに気付かぬまま眠りこけてしまったらしい。

紀江はそのまま出血で意識が遠のいて動けなくなったのであろう。

幹蔵は慌てて、気も狂わんばかりとなり医者を連れてきたが、紀江は帰らぬ人となった。

幹蔵は放心した。

紀江のために再び剣で生きようと思った。そして、腹に宿った子供を食わせていかねばならぬゆえに、再び用心棒稼業に戻ってしまった。

紀江も腹の子も失ってしまえば、最早いずれも続ける意味はなかった。

出府した折は下谷《したや》で暮らしていたが、小さな墓所に紀江を葬ると、自分は方々の寺に参りながら、紀江の魂を日々弔って暮らした。

詫びるつもりで酒を断たんとしたが、一日二合までと決めることで、酒の魔力と戦わんとした。酒好きの自分が二合までしか飲めないという己が戒律は、止めてしまうよりも辛いと思ったからだ。

「二合を飲む度に女房を思い出す。酔えぬ酒が、おれを苛《さいな》むというわけだ」

幹蔵は、腹を切って死にたい想いであったが、生きて愛妻を日々思い出す、〝地獄の日々〟を選んだのだ。

目黒にはそうして流れてきた。目黒不動へ参り、紀江の魂を弔い、また新しい地を求めよう。そう思って暮らしていたのだ。

「なるほど、それじゃあ人を寄せつけない、陰気な人になっちまいますねえ」

お夏はその言葉で慰めと励ましの気持ちを表した。

「ははは、やはりそのように映っていたかい」

「男振りも好いし、強そうなのに、いつもこっそりとやって来て、酒は二合まで……。まったく辛気くさい旦那だと思っていましたよ」

「ははは、まったくだな」

「そういう旦那に息を吹き込んだのが、おくみちゃんってわけだ。何か理由でもあるんですか？」

「その理由は、表に立っている御仁に聞いてみたらどうだい」

「そんなら入ってもらいますかい？」

幹蔵もお夏も、先ほどから表にいて中の様子をそっと窺う男の存在に気付いていた。

「先生！　入っておくんなさいな」

少し決まりが悪そうな表情で入って来たのは、茂利長十郎であった。

幹蔵は、何もかも悟った顔をして、

「もしやそうではないかと思っていましたが、やはり気取られておりましたか？」

「おぬしこそ……」

長十郎と向き合った。

「なるほど、そういうことでしたか」

お夏はすべてを察した。

茂利長十郎こそ、幹蔵の亡妻・紀江の父・毛受森右衛門であったのだ。

「捜したぞ。津島縫之助《つしまぬいのすけ》……」

長十郎は、幹蔵をかつての名で呼んだ。

「おくみは、紀江にそっくりじゃ。それゆえ用心棒を引き受けたのであろう」

「それゆえ先生は、おくみに仇討ちなど止めて、まともな男と一緒になれと諭されたか」

「わたしのことはよい。そんなことで、娘への罪滅ぼしができたと思うたら大違いじゃ」

「わかっております。某《それがし》は、あなたの娘を奪った上に、殺してしまった。許されるものではない……」

「娘を死なせてしもうた罪は、わたしにもある。だが、おぬしを許すわけにはいかぬ」

「ふふふ……」

「何を笑う……」

「あなたは、大名家の剣術指南役にならんとする欲にこり固まって、娘をもその道具にせんとしていた……。そう思っていたが、娘の仇を討つために、名を捨て、道場を捨ててまで某を捜した。これで少しは紀江も浮かばれましょう」

「ほざくな。刀をとれ。勝負と参ろう」

「断れば？」

「おぬしは断れぬ……」

穏やかな長十郎の顔が鬼と化し、店の内におびただしい殺気が漂った。

「言い分は互いにあろう。今のおぬしを見ればわかる。それゆえ果し合いにて決着をつけよう。ゆめゆめ、わたしに斬られてやろうと思うなよ」

長十郎はそう言うと、再び表に出た。

幹蔵は太刀を腰に差すと、それに従った。

お夏と清次はやれやれという表情で後に続いた。

長十郎は居酒屋の裏手に回ると、いきなり抜刀して幹蔵に斬りつけた。

幹蔵はとび下がりつつ抜き合わせ、その一刀を払った。

闇夜に煌めく火花が剣戟《けんげき》の凄《すさ》まじさを物語っていた。

――できる。

互いに腕を確かめ合った二人は、かつて剣に生きた者同士、思い切り戦えることへの満足を覚えていた。

「えい……！」

「やあッ！」
二、三合刃を交えたところで、二人は間合を切った。
そこへ、ずかずかとお夏が間に入った。

その度胸のよさに、二人は思わず手を止めた。

「ちょいと、二人共好い歳をして、どうかしていますよ。あたしの前でいきなり斬り合いを始めるなんてね……」

お夏の迫力は二人の気を一瞬で萎えさせた。

「先生、あんた、おくみちゃんに何と言ったんです。誰かに仕返しをしてやろうなどと考える暇があれば、そんなことは忘れてしまって、明日のことを考えたらどうじゃ……。その言葉、そっくりそのまま返しますよ」

「いや、それはじゃな……」

「旦那も何をやってるんだい。おくみちゃんとの約束をまだ果さないうちに、斬り合ってどうするんですよう」

「そうであったな……」

「先生、せめて仕返しがすむまで、果し合いはお待ちなさいな」

「こ奴がその仕返しによって命を落せば、何のためにこの十年、娘の仇を追い求めたか知れぬ」

「旦那の腕を見ましたよね。そんなに容易《たやす》く後れをとるはずがないでしょう」

「だが、万が一ということもある」

「そんなら、先生が旦那の助っ人をすりゃあいいでしょう」

「わたしが、娘の仇の……？」

「仇、仇ってねえ。あんたの娘は、あんたが煩わしくてこの旦那と逃げたんでしょうよ。死なれたからって、今になって父でございい、てのも何だかねえ……」

「何じゃと……」

「ほら、そういうところが煩わしいのですよ」

「女将、悪いのは酒に溺れたおれなのだ……」

「そうですよ。あんたが一番だらしないんだ。だがね、おくみちゃんのために一肌脱ごうとした旦那を、わたしは好きだねえ。きっちりやりとげておやりな。先生、まずこっちを片付けないといけないのさ。あんただって、おくみちゃんがかわいいんだろう！」

清次はニヤリと笑った。

幹蔵と長十郎は、すっかりとお夏に気圧《けお》されてしまい、しばし互いに渋面で見合っていた。

八

「おくみがこの辺りで団子を売って暮らしていると聞いたがどうなんでえ」

「おくみ？」

「馬鹿野郎、駒下駄の左右兵衛の娘だよ」

「そういえばそんな話を……」

「ちぇッ、頼りねえ野郎だ。子供もいつか大きくなって、親の仇を討ってやろうなんてことを考えるもんだ。おくみは気が強い娘だった。気をつけねえとな……」

芦辺屋宇太三は三鈷坂を乾分を引き連れ上っていた。

この月も、乾分にさせている出合茶屋に向かうために、夕暮れの道を辿《たど》っていたのだ。

すると、千鳥足の浪人者が向こうからやって来て、

「おや、こいつは芦辺屋の親分かい？　ははは、そうだ親分だ、こいつはいいや……」

宇太三を認めて笑い出した。

「何だ手前《てめえ》は……？」

凄む乾分に、浪人は、

「いやいや、証文を書き換えたり、何かというと乱暴を働く悪人も、こうして道を歩くものかと思うとおかしくてな」

尚もへらへらと笑って挑発した。

「手前、喧嘩を売りやがるか……」

宇太三は凄んだ。酔って絡んでくるとは相当の馬鹿である。乾分二人に用心棒まで従えているのだ。こんな奴になめられては芦辺屋宇太三の名がすたる。

「いや、そんなつもりはないのだ。酒に酔って、つい思っていることを口走ってしまった。喧嘩などすれば、お前は卑怯者のくず野郎だから、寄ってたかっておれを殴るだろう……」

どこまでも相手を罵りながら及び腰になって、逃げようとしているのは、津田幹蔵こと、津島縫之助であった。

「手前《てめえ》……、言わせておけばぬけぬけと……」

「野郎！」と乾分達が殴りかかった。

「すまぬ、許してくれ……」

幹蔵は、巧みにかわしつつ逃げ回ったが、

「許してくれと言っているだろうが！」

突如立ち止まって、二人を鉄拳でその場にのした。ここからが〝仕返し〟の始まりであった。

「おのれ……」

用心棒が刀を抜いた。同時に出合茶屋から親分の急を見てとって、乾分が三人、長脇差を手に駆けてきた。すると、そこへ現れたのは、茂利長十郎こと無外流剣客・毛受森右衛門——。

「見れば破落戸が多勢に無勢の狼藉。助太刀いたす！」

と、たちまち峰打ちに三人を倒し、幹蔵の露払いをした。

「忝《かたじけな》し！」

幹蔵は、斬り込んできた用心棒の一刀を軽く撥《は》ね上げると、峰打ちにこ奴の胴をしたたかに打ち、悶絶させた。

宇太三は、慌てふためいた。

「お、おい、何しやがる……。どっちが狼藉だ。て、手前、おれが誰かわかってやがるのか。役人に訴え出るぞ……」

「やかましいやい！　襲ってきたのはそっちだぜ」

幹蔵は低く唸ると、宇太三の右足に手練の一撃を入れた。

もう二度と満足に足を動かせないほどの打撃に、宇太三は絶叫して、その場を這いずり回った。

「お前に地獄へ突き落された者達の痛みを知れ！」

幹蔵は、宇太三の顔を踏みつけた。

「た、助けてくれ……！」

泣き叫ぶ宇太三の声を聞いて、さすがに人けのない道にも人が集まってきた。

「れ、礼はするから、誰かお役人を呼んでくれ……」

するとその中の一人が、

「役人を呼ぶのはいいが、おれははっきりと見たぞ。お前達がこの御仁に数を恃《たの》んで襲いかかったのを……」

と、叫んだ。

「な、何だと……」

「しらばくれるな！　おれは八丁堀の若隠居と呼ばれている濱名茂十郎《はまなしげじゆうろう》って者だ。お前、今の様子を見ると、日頃から随分手荒なことをしているようだな。よし、倅《せがれ》に言って、しっかり取り調べてもらおうじゃあねえか！」

この夜の襲撃を目撃する役目は、茂十郎が引き受けてくれた。

通りすがりの善人には、誰よりもうってつけであった。

幹蔵は喧嘩を売ったが、襲ったのは宇太三の方である。おまけに先に刀を抜いたのは用心棒なのだ。

他にもその様子を見ていた者はいる。

宇太三はぼろぼろになった状態で、通行人を脅すことも出来ず、がっくりと地面に倒れ、苦痛に泣き声をあげた。

「まあ、これで溜飲をお下げな」

物陰から見物していたおくみに、お夏が言った。

今日のことは、茂十郎以外の常連客達には報せていない。

「見事な腕だ……。そちらの先生も一緒に、一手指南を願いますよ……」

茂十郎は、幹蔵と長十郎に告げると、

「後は任してくだされい」

そう言って、二人を行かせた。

おくみは二人の姿を見てお夏に頬笑むと、

「お蔭さまで、もうあんな奴のことはどうでもよくなりましたよ」

少し大人になったような物言いをした。

「あんたが関わっていたなんて知れるとややこしいからね。あれは、あんたが天に祈ったから起きた天罰さ」

おくみはこっくりと頷いて、こちらへ向かってくる幹蔵と長十郎を見た。

「おぬしの剣の流儀は、確か……」

「梶派一刀流を……」

「それだけでもなかろう」

「破門されてからは馬庭《まにわ》念流を」

「なるほど、守りの術が巧みなのはそれゆえか」

「さて、果し合いは何といたします」

「そうじゃのう……」

「某は御免蒙《こうむ》りとうござるが……」

「今日のところは取り止めとするか」

二人は語らいながら歩いてくる。

共に戦うと、不思議な連帯が生まれるものだ。

おくみは強がる二人を見て涙を流した。

既にお夏から、幹蔵と長十郎の因縁を聞かされていた。

その夜、自分によく似ているという紀江が夢枕に立ち、

「二人をよろしく頼みましたよ」

と、囁いたという。

「旦那、先生……」

二人に駆け寄る涙目のおくみを見て、幹蔵と長十郎は共に込み上げる激情にたじろいだ。

二人の目の前には、妻であった、娘であった紀江がいた。

「旦那、先生……、あたしはこれで、誰も恨まずに、真っ直ぐに生きていきますから、この先もあたしを見捨てずに、何かあったらまた相談に乗ってくださいまし……」

おくみにこう言われると、もう堪らなかった。

「ああ、それが何よりだよ。おれは、この先はお前のためだけに刀を抜こう」

「うむ、好い心がけだ。人を恨んでもろくなことがないからのう」

声を震わせて応えた二人は、互いに顔を見合わせ、苦笑した。

「今日は小母さんの店で朝まで飲んでくださいまし。あたしのおごりですよ。旦那、二合までとは言わせませんよ。あたしの祝いなんですからねえ、今宵だけはたっぷりと飲んでくれなくては嫌ですよ」

二人は、おくみに連れられお夏の居酒屋へ行った。

おくみに酒を飲まされた幹蔵と長十郎は、常連達の楽しい酒に、たちまち呑み込まれていった。

常連達は三人の様子を見ると、おくみに春が訪れたと察し、我も我もと祝い酒を手渡し、おくみはせっせと、幹蔵と長十郎に飲ませた。

二人は久しぶりに味わう美酒にしたたか酔った。

酔い潰れて目が覚めたら朝になっていた。

果し合いを約した二人は、ぐったりとして、

「おぬし、大酒飲みのくせに、今までよう二合の酒で辛抱できたのう」

「おくみの奴が勧めるからこんなことに……。そういう先生こそ、こんなに酒が強いとは思いませんでしたよ」

そんな二人に、お夏と清次が片口一杯の水を勧めた。

「女将、面倒をかけたな」

「いや、この歳になって、面目ない……」

二人は、しばしお夏と清次に詫びながら、酒毒に冒された体に水を流し込み、酔いを醒ました。

ふと見ると、小上がりですやすやと眠るおくみの姿があった。

幹蔵と長十郎は、一幅の絵を眺めるように、思わずその姿に見惚《みと》れていた。

体から、すっと酒が抜けていく——。

お夏が朝粥に梅干を添えて二人に出し、

「さあ、旦那、先生、今日はひとつ果し合いと参りますか」

からかうように言った。

「おれは端から御免蒙りますと言っている。先生次第だな」

幹蔵はさらりとかわした。

「そんなら、おくみちゃんにそう言っておきましょうか」

お夏は、おくみを起こそうとする。

「待て……。ずるいぞ用心棒、人の娘を殺しておきながら、御免蒙るもないものだ」

長十郎は頭を抱えながら口を尖《とが》らせた。

「そんなら先生、どうあっても、おくみちゃんを哀しませたいと仰るんで？」

お夏は声に力を込めた。

長十郎は応える代わりに、粥を美味そうに食べると、

「ああ、酔いが醒めたら、恨みも憎しみもどこかへ消えてしまったようだ」

眠るおくみの目尻に、一筋の涙がこぼれるのを見つめながら、力なく言った。

第四話　ぶっかけ飯

一

魚の干物、香の物、豆腐の味噌汁。

白い飯にはこれだけあれば十分である。

飯が残り少なくなってきたところに、半分くらいになった味噌汁をぶっかけて、がさがさとたいらげる。

特に中食の締め括りはこれに限ると、久右衛門《きゅうえもん》は思っている。

「〝ぶっかけ飯〟なんてする奴は、出世しねえよ」

などと言う者もいるが、線香問屋に小僧の頃から奉公して、二十七になる今まで、日々忙しく勤めてきた彼にとっては、これが堪らなく美味い食べ方なのだ。

そして、この〝ぶっかけ飯〟が活力となって、彼は出世を果した。

二年前、〝香南堂〟の主に認められ、婿養子となり、昨年に急逝した義父の跡を継ぎ、当代となったのである。

古参の奉公人を差し置いて主になった久右衛門は、番頭を気遣い、手代、小僧の手本になるよう、以前よりも尚、忙しく立ち働いていたから、彼にとって〝ぶっかけ飯〟は当り前の食事と言えよう。

しかし本人がどう考えていようが、彼は芝中門前二丁目にあって老舗の誉が高い、〝香南堂〟の主である。

使いっ走りのような食事作法は、改めてもらわねば困る。もっと、ゆったりと威厳をもった食べ方をするべきだとの指摘を妻と義母から受けているそうな。

それで店の内では食べ辛くなり、このところはもっぱら、目黒での仕事帰りに立ち寄る、お夏の店での中食に限られるようになっていた。

「女将さん、またあれをお願いしますよ」

手代一人を供に連れ、久右衛門はいつも元気よく店に入ってきて、あっという間にぶっかけ飯を食べ終えると、

「ああ、これで力が出ますよ」

また元気よく立ち去る。

「ぶったところのねえ、好い旦那だね」

居合わせた客達からの評判もよく、気難しいお夏も、彼が来るとこめかみの膏薬《こうやく》の震えもぴたりと止まるほどに、気に入っている。

お夏の居酒屋にちょくちょく訪れるようになったのは、さだめし目黒不動門前の仏具屋〝真光堂〟の後家・お春に教えられたのだろうと思っていた。

しかし、久右衛門にこの店を紹介したのは、意外な人であった。

行人坂下に住まいを構える町医者、吉野安頓だという。

眉は濃く、目はぎょろりとして、三日月のようにしゃくれた顎をしているが、一見いかつい顔付きにはえも言われぬ愛敬《あいきよう》がある――。

お夏の店の常連中の常連で、変わり者の通人であるだけに、誰からも、

「先生、何かおもしれえことはありましたかい？」

などと、気軽に声をかけられるのだが、その実は長崎帰りの名医で、もう少し世渡りが上手ければ、どこかの御典医にでもなれたかもしれないというほどの男である。

久右衛門が店に来て三度目の折、

「吉野先生はお変わりありませんか?」

と、訊ねたのでそれがわかったのだが、安頓は〝香南堂〟の先代から重用されていたらしい。

〝香南堂〟は、目黒、高輪界隈に顧客が多く、先代も精力的にこの辺りに足を延ばしていたのだが、ある時、俄な差込みに苦しみ、掛茶屋で休息しているところを、安頓に助けられた。

先代は、たちまち安頓を気に入って、以後、何度も往診を頼むようになったという。

先代は商い一筋の人で、道楽は身を滅ぼすという考えの持ち主であったが、諸芸、雑芸、あらゆる風流に通じる安頓は、

「金をかければよいというものではありませんよ」

たとえば風鈴の音を聞き分けることだけでも、そこに風流が生まれるものだと言う。

そして心の安寧が、何より体を楽にしてくれるのだと説き、その心得が病がちであった先代を随分と元気にさせたのである。

それゆえ、安頓は先代から医術以外の相談もよくされるようになっていたという。

当代の久右衛門からの信頼も絶大であり、目黒には気軽に立ち寄って〝ぶっかけ飯〟をそっと食べさせてくれるような店はないかと訊ねられ、薦めたのがお夏の店であったらしい。

薦めておきながら、久右衛門が店に来る時を見はからって顔を出すこともしないのは、いかにも安頓らしいし、さっと来て、さっと食べて帰り、吉野安頓の名をまったく口に出さなかった久右衛門も好感が持てる。

そうしていつしか昼の常連として、お夏と清次、居酒屋に集う客達の間で認識され始めたのである。

桜も見頃となったある日。

このところは姿を見せていなかった吉野安頓がふらりと店に現れた。

客達は彼の顔を見るや、時折昼を食べに、〝香南堂〟の若き主が居酒屋に来るようになったと告げ、

「先生のお知り合《え》えだったんですかい？」

「〝香南堂〟というと、なかなかに大きな線香問屋と聞きましたぜ」

「そこの先代に見込まれるとは大したもんじゃあねえですか」

「考えてみれば、先生は偉いお医者だったんですよねえ」

などと、口々にからかったものだ。

「左様か。ちと板橋の方に存じよりの医者を助《す》けに行っていたのじゃが、久右衛門殿が来ていましたか。味噌汁を飯にぶっかけて、うまそうに食っておったかな？」

安頓は見事に言い当てて、

「ああ見えてあの御仁も、心に屈託を抱えているゆえ、まあ、皆でやさしく迎えてやってくだされ」

少し、しかつめらしい顔をした。

「心に屈託を……？」

「そんな風には、まるで見えませんでしたがねえ」

「若くして主になると、そんなものかもしれねえなあ」

客達は、久右衛門のあの爽やかな様子からは考えられないと首を傾げた。

「まあ、どうせ黙っていても、噂はすぐに届くでしょうから、本当のところをお話ししておきましょう」

安頓は、ゆったりと顎を撫でると、

「一口に言うと、〝小糠《こぬか》三合あるならば婿に行くな〟ですな」

分別くさい声で言った。

どうやら、当代・久右衛門の妻である先代の娘と、後家になったその母親が、先代亡き後あれこれと、久右衛門に重圧をかけているようだ。

血生臭い話でもなく、どこの家でもよくあることだけに、客達は一息つくと共に大いに興をそそられたのである。

二

吉野安頓の話によると、先代・久右衛門は、安頓との出会いによって、すっかりと体調を回復させたのであるが、人生にはどこに落し穴があるかわからない。

雨の日に、誤って二階の窓から下の植込みへ落ちてしまった。

夜は静かに書見をするのが楽しみであったので、店の者達もその間は邪魔をしないようにするのが常であった。それが災いしたのである。

外は時折、雷の鳴る空模様で、先代が植込みに落ちて呻《うめ》き声をあげているのに、誰も気付かなかったのだ。

見つけられた時には、雨で体温を奪われ、それから高熱に苦しみ、そのまま帰らぬ人となってしまった。

今わの際に、先代は当代の久右衛門への跡目相続を明確にし、番頭達も新しい主を支えていくことを誓った。

本来ならば、店全体でひとつにまとまっていかねばならないのだが、義母のお岩《いわ》と妻のお八枝《やえ》は、たちまち反旗を翻した。

二人は気位が高く、本来、浪費家であったのだが、それを今まで先代・久右衛門に抑えつけられていて、不満が溜っていたらしい。

お岩の生家は小石川の線香問屋で、今は身代が傾き、細々と店を続けているのだが、お岩が娘の頃は店も繁盛していて、彼女は贅沢三昧に育てられた。

父親は道楽者で、娘を着飾らせて芝居見物にせっせと連れていっていたという。

いつしかお岩は、贅沢が身に付いた我が儘《まま》な女になってしまった。

しかし、嫁ぎ先の〝香南堂〟は、質素倹約を旨とする老舗のしっかりとした商家で、先代・久右衛門は妻の奢侈《しゃし》を戒めた。

お岩はそれが不満で、

「こんなことなら、貴方には嫁がなかったものを……」

と、文句をたらたらと言い募ったものだ。

ところが、実家の線香問屋は、父の道楽が災いして左前になり、父が隠居させられたことによって、何とか持ち堪えているという始末。

それには〝香南堂〟の援助もあったから、お岩は何も言えなくなってしまい、渋々家風に従い暮らしてきた。

といって、先代は決して始末ばかりを強いたわけではない。

節季の行事はきっちりと行ったし、お岩を芝居見物に行かせてやったりもした。

だがお岩はそれで満足していなかった。

お八枝が生まれると、娘の衣裳を揃えるのを楽しみとして、先代を随分と手こずらせた。

お八枝も、お岩の血を受けた娘であるから、

「お前はもっと、〝香南堂〟の娘として、華やかに暮らさねばなりません」

などと母親に囁かれるとその気になってくる。

先代はお八枝もまた戒めたが、男子がなく婿養子をとらざるをえないとなると、四十を過ぎてからやっと授かった娘だけに、どうしても甘くなる。

厳しくしきれないままに大人になってしまったのは否めない。

父親が生きている間はともかく、久右衛門の名を継ぐ婿養子の代になれば、もっと自分の意見を聞いてもらい、母親と共に華やかな暮らしを送りたい。

お八枝がそう考えるのは必然であった。

自分の旦那とは、子供の頃から、奉公人とお嬢様の間であった。

やさしい男であったから、自分の言うことなら何でも聞き入れてくれると思っていた。

幸い店の商いの方も、以前と変わらぬ充実ぶりであったため、この先は贅沢を楽しむつもりでいたのである。

しかし、栄吉《えいきち》改め当主となった久右衛門は、それを許さなかった。

先代は、今わの際に、

「この後は、何ごとも栄吉の言うことに従うように。栄吉は、わたしが伝えたことを守っているだけだと心得よ。分に過ぎた贅沢はくれぐれも慎むように……」

熱にうかされながら、皆の前で言った。

それを守らぬうちは、自分が〝香南堂〟の当主になったとは言えない――。

久右衛門は、先代の遺志を曲げず、今までと同じ方針を貫いたのである。


「だが、そうなると嫁と姑も黙ってはいないということじゃ」

吉野安頓は、そこまで語って何度も盃を干した。

その度に、彼の象徴である三日月の顎が赤く色付いていく。

「なるほど、そいつは手に取るようにわかりますぜ」

話を聞いて、常連客胆煎の不動の龍五郎が唸った。

「小僧上がりの婿養子が、何を小癪な、というのでしょうねえ」

「まず、そんなところじゃな」

当代・久右衛門は、先代に言われた通りに店を切り盛りしているつもりでも、後家と家付き娘には不満が募る。

今までは辛抱していたが、この先は自分達が中心となって仕切るのだ。

それなりの処遇を受けたとてよいではないかと、

「旦那様は、死んだお父っさんの顔色を窺って、生きているわたしの頼みはことごとく聞き入れてくださらないので」

お八枝は、日々、久右衛門に迫った。

そしてこれに呼応して、

「この歳になって、婿養子にないがしろにされるとは思いませんでしたよ」

お岩は、声高に嘆いてみせるのであった。

久右衛門も、妻と義母を気遣って、折を見て衣裳を新調してやったり、遊興をさせてやったりするのだが、お岩は、そうなると店の金蔵は、少々の散財では空になるものではないと高を括り、

「ほら、お八枝、今までわたし達には、出し渋っていたのだよ」

内儀となった娘をけしかける始末であると、安頓は憂えた。

「うーむ、〝香南堂〟の旦那も辛いところだ。いくら頑張っても、とどのつまりは世話になった先代の女房と娘の言うこととなれば、ここはもう〝はい、はい〟と聞いてやるしかねえんだろうなあ」

龍五郎の横で政吉が顔をしかめた。

「まずわたしならそうする……」

安頓はしゃくれた顎を突き出して、苦笑した。

店の者達は、婿養子である久右衛門の人となりをよくわかっている。

久右衛門が一緒になって、自分もそのどさくさに贅沢な暮らしを送っているのなら ともかく、彼は先代の教えを愚直なまでに守っている。

目黒へ外廻りする時も、お夏の居酒屋で味噌汁を飯にぶっかけて食べるのを楽しみにしているくらいだ。

彼が日頃から、どれほどつましく暮らしているかは、想像に難くない。

久右衛門が、お八枝とお岩のために、少々浪費をしたとて、誰も文句は言うまい。

適当に機嫌をとってやればよいのだ。

「だが、先代から当代になっても、久右衛門殿はまるで変わってはおらぬ」

多少は、跡を継いだ記念として、お八枝とお岩に金を注ぎ込んでやったが、その後はしっかりと財布の紐を締め直した久右衛門であった。

「栄吉、辛い想いをするだろうが、わたしにもしものことがあったとしても、お岩とお八枝をゆめゆめ甘やかしてくれるな。人間の欲はきりがない。一度許すと、苦労知らずの二人は、お前を養子だからと侮り、あれこれと言い募るであろう。だが店はあの二人のものではない。奉公人達や、うちの店に出入りする者のためにあるものなのだ」

先代に常々そのように言われていた久右衛門は、お八枝とお岩に何と言われても、決して意志を曲げなかったのだ。

お岩とお八枝は、店の者達にも文句を言ったが、誰もが久右衛門の態度に感服して、話を聞かずに受け流した。

「久右衛門殿は、あくまでも己が信念を貫き通しているというわけじゃな」

「偉い！」

龍五郎が大きく頷いた。

「お店《たな》は手前達《てめえ》だけのものではねえ、奉公人達を食わせて、出入りの者達の暮らしを守るためにある。先代も当代も、偉《えれ》え人じゃねえか」

客達も一斉に相槌を打った。

これからは、〝香南堂〟の主人はまだ若いが、心得た人であると、皆で噂を広めよう。そうすれば、嬶《かか》ァも婆ァも少しは大人しくなるかもしれない——。

そんな風に言い合ったものだ。

しかし、安頓はしかつめらしい表情を崩さず、

「そうしてあげてもらいたいが、女二人はなかなか変わらぬであろうなあ。先代は立派なお人であったが、死んでしまっては、久右衛門殿を助けてやることはできぬゆえにのう」

溜息交じりに言った。

「まあ、そりゃあそうだが……。おい、婆ァ、お前も何か言えよ。どうしようもねえ女のことはよくわかるだろう」

龍五郎は、黙って煙管で煙草をくゆらせているお夏に突っかかった。

こうなるとお夏も受けて立たねばならない。

「何を言っているんだい……」

と、口から煙を吐き出しながら、

「あたしなんかより、あんた達の方が詳しいだろ？　くだらない女のことについてはさあ……」

皮肉な言葉を投げかけた。

「女なんてものは、多かれ少なかれ、旦那にあれこれ文句を言うものさ。言われないとしたら、それこそ諦められているってことだから、恥ずかしいことだね」

「婆ァ、ぬかしやがったな。そう言われると一言もねえが、ここにいる皆は、女房子供に苦労はかけちゃあいるが、ここで一杯やるくれえが道楽の働き者ばかりだよ。あれこれ文句を言われちゃあ堪らねえや」

「あれこれ文句を言われたら、もっともっと働きゃあいいんだよう。そうすりゃあ文句も言わなくなるさ」

「そんなら何かい、女の文句はお天道さまからの励ましと思えってえのかい？」

「おッ、口入屋、うまいこと言うねえ」

「ふん、婆ァの頓智に付合ってられねえや」

お夏は、ふっと笑って、

「まあ、〝香南堂〟の旦那も、ああ見えて色々と大変なんだねえ」

彼女もまた溜息をつくと、安頓を見た。

「それにしても先生、〝香南堂〟の先代は何をしていて、二階の窓から落ちたんです？　それさえなければ、婿養子も苦労せずにすんだってものだ」

　そう言われてみればそうだと、客達は一斉に安頓を見た。

「それは……、雨風が強まってきたゆえ、軒先の風鈴を中へ取り入れようとして……、誤って足をすべらせたとか……」

　安頓は、決まりが悪そうに顎を撫でながら応えた。

「風鈴を？」

　一同は一斉に声をあげた。

　先代に、風鈴の音を聞き分けることだけでも、そこに風流が生まれるものだと言ったのは、安頓であった。

「てことは、先生のせいで死んじまったってことになりますねえ」

　お夏は低い声で言った。

「まず、そういうことになるのう……」

　黙って相槌を打つところが、吉野安頓のおもしろさである。

　これにはお夏も畏れ入って、

「その責めを負って、その婆ァと嬶ァに意見をしておやりなさいな。先代が先生の言うことには耳を傾けたんだ。その女房と娘も、吉野安頓先生には、一目置いているんじゃあないんですかい？」

と、励ますような口調で言った。

「それが、そうもいかぬのだ」

安頓の表情は暗かった。

「どうしてです？」

「わたしは、お岩殿とお八枝殿には疎まれておりましてな」

「何かやらかしましたか？」

「そうではない。この顎が、くどいと言うのじゃよ」

「顎がくどい……」

店にいる者達は、皆一様に鼻と口を膨らませた。

先代の主が重用していた医者を、それだけの理由で疎んじるとは、この母娘の我が儘ぶりが目に浮かんできそうだ。

だが、〝くどい顎〟とは言いえて妙だ。

やがてお夏の居酒屋は、久右衛門の苦労話など、どこかへ飛んでしまったかのような笑いに包まれたのであった。

三

それから二日後のこと。

昼時分となって、お夏の居酒屋に、身形《みなり》のよい商家の婦人が二人、供の女中を従えて入ってきた。

二人は物珍しそうに店の中を見廻すと、

「意外と、こういう店では、おいしいものが食べられると聞きますよ」

若い方が言う。

「そうなんですかねえ……」

年嵩《としかさ》の方が渋面を作る。

こんなところで美味い物を食べたとて、それが風流とでも言うのかと、顔が語っている。

お夏がむっとしたのは言うまでもない。

近頃、食通を気取る物持ちが、おもしろ半分に店へ入ってくることが多くなった。

「何になさいます」

それでもお夏は、怒りを抑えてさらりと言った。

こういう客には、ぶっきらぼうに声をかけると、

「この、気難しいところがまた、味わいのひとつなのよね」

などと、首を絞めてやりたくなるような言葉を吐かれかねない。

「そうね……、お任せするわ……」

若い方が応えた。

「はい……」

お夏は、鰺《あじ》の干物、炒り卵、豆腐と白魚の煮付、香の物、あさりの味噌汁を、それぞれ少しずつ白飯と共に出した。

どうせ腹を充たすのではなく、味見をしたいのであろうと思ったからだ。

見るからにいやみな客だが、いきなり門前払いを食らわせる真似はしない。

一度は客と触れ合う。それがお夏の信条であるからだ。

二人は箸でつつき始めた。

「味は悪くないわねえ……」

若い方が言った。

「でもねえ、何だか塩気が多くていけないね」

年嵩が応える。

「そう言われてみれば、こくがないというか……」

「そうですよ。出汁《だし》のとり方がなっていないのよねえ」

小声で喋っているつもりでも、十分に周囲には聞こえる。

店には中食をとりに来た常連客がちらほらいて、一様に舌鼓を打っていたのだが、この二人の会話に眉をひそめた。

二人に怒りを覚えたというよりも、むしろお夏の怒りがいつ爆発するか、それが気になったのである。

「わざわざこの店に来なけりゃ、いけないのですかねえ」

「他にもあるだろうに。この炒り卵も甘みが足りないわねえ」

二人のひそひそ声がした刹那。その心配は的中した。

「ふん、まったくみっともないねえ。料理のご託を並べるなら、八百善にでも行きゃあいいんだよ……」

お夏が凄みのある声で言った。

二人の客は、それが自分達に向けられたものかどうかがわからずに、きょとんとした顔で、お夏を見た。

「あんた達に言ってるんだよう！」

そして、その一言で震えあがった。

「料理のうまいまずいは人それぞれの好みだ。どう思ったっていいさ。だがねえ、うまいうまいと食べている者もいるんだよ。その傍で、これみよがしに、くだらない蘊蓄を語るんじゃあないよ！」

これほどまでの罵声を浴びせられたことなど、生まれてこの方なかったようだ。

二人は、口をぱくぱくさせて、

「な、なんですか……」

「お客に向かって、その物言いは……」

やっとのことで言い返した。

「何がお客だ！　まずいまずいと言われたらこっちも商売あがったりだ。あんた達はうちの店を貶めに来たのかい。そんならすぐに叩き出してやるから覚悟をおし！」

しかし、喧嘩口上の年季が違う。

「代はいらないから帰っておくれな」

お夏の剣幕にはひとたまりもない。

「お、お代くらい払いますよ……」

年嵩がやっとのことで言葉を発すると、銭を置いて逃げるように立ち去った。

客達は、とうとう出たかと失笑したが、お夏は洗い物を片付けると、何ごともなかったかのように一服つけた。

そこへ吉野安頓が入ってきて、

「今、大層な勢いで客が出ていったが、どうかしたのかな」

と訊ねた。

「おや、先生、いらっしゃいまし。今の二人は、こんな居酒屋に入ってきて、知ったかぶりをしやがるから、叩き出してやったんですよ」

「なるほど……」

「鼻持ちならない女もいるもんですねえ」

「ああ、いるのじゃよ。今のが〝香南堂〟のご新造と後家じゃ」

「え？　そうなんですかい？」

お夏は目を丸くして、

「なるほど、あれじゃあ久右衛門さんも大変だ……」

客達は一斉に相槌を打った。

「でも、うちに食べに来たってことは、久右衛門さんが時折ここに食べに来るのを、どこからか聞きつけたんですかねえ」

「まずそういうところでしょうな。いったいどんな店なのか興をそそられて来たところ、恐ろしい店だったというわけですな」

「家で久右衛門さんは、責められませんかねえ」

叩き出したものの、お夏もさすがに気になった。

清次は包丁を手に含み笑いをしている。

「まあ、多少は嫌みを言われるでしょうが、どこぞの料理茶屋に通っているのではないと知れたわけですからな。文句を言われる筋合はないと、そこはさらりと受け流すでしょう。だが、この店を薦めたのがわたしだと知れたら、〝くどい顎〟は、ますます嫌われるでしょうな」

「ふふふ、そいつはすみませんねえ」

「笑いごとじゃあ、ありませんよ」

安頓のとぼけた物言いがおかしくて、清次も吹き出した。

お八枝とお岩の人となりを知って、お夏は久右衛門がますます気の毒になったが、苦労人の久右衛門のことだ。どうにかするだろう。

――女房と姑を抑えられないようでは、老舗の主は務まらないよ。

食うに困っている家の話でもないし、お夏はそのように思い直して、それほど気にも留めなかった。

実際、お八枝とお岩を追い出した翌日。

久右衛門は早速、店に昼を食べにやって来て、お夏と清次には帰り際に、

「うちのがここへ来て、色々やらかしたそうで、真に相すみません……」

恥ずかしそうに小声で詫びた。

お夏も小声で、

「あたしも堪え性がなくて、ついやっちまって……。〝香南堂〟さんの人だとわかっていれば、もうちょっとやり様があったと、申し訳なく思っておりますよ」

と、頭を掻いたものだ。

「いや、ああして叱りつけてやってくれて、よかったのですよ」

久右衛門は、ますます申し訳なさそうな顔をして、自分のことならまったく気遣いは無用である。既に、〝香南堂〟の名に傷がつくような騒ぎを起こされては困ると、叱りつけてあるので許してやってくださいと、真に道理をわきまえた口上を残していった。

久右衛門は思った以上にたくましく、しっかりとしている。

見ている側も深刻にならずに、むしろ笑っていればよいのだ。

そのように考えていたのだが、事態は思いもかけぬ展開を見せるようになる。

四

桜も散り、そろそろ夏の到来を思わせる頃となった。

お夏が、お八枝とお岩を追い返してから、十日ばかりが経ったある夜。

遅い時分に吉野安頓が、何とも冴《さ》えぬ表情を浮かべて、店にやって来た。

これは何か屈託があって、お夏と清次に話を聞いてもらいたくて来たのであろうと、お夏は見て取った。

どちらかというと能天気で、酒場で心のうさを晴らすような男ではないだけに、お夏も清次も気になった。

もしや、〝香南堂〟絡みの話かと思ったが、先日訪れた久右衛門は元気で、いかに主筋の妻と娘の言葉であっても、聞き入れられるものと、そうでないものがある。決して後へは引き下がらないという強い意志が窺えた。

お八枝とお岩とて、お夏から見ればただの世間知らずの娘がそのまま歳をとったとしか言いようがない女だ。

久右衛門が気迫をもってかかれば、少々文句を言ったとて、とどのつまりは引き下がるしかないと見ていた。

それを安頓が気にかけて、わざわざ居酒屋に話をしに来るとは思いもかけなかったのだ。

ところが、安頓はというと、

「〝香南堂〟の気になる噂を聞きましてな……」

と言う。

冴えぬ表情の原因は、やはり久右衛門についてのことらしい。

「そいつは、やはり、悪い方の噂で？」

「いかにも……」

「いったいどんな……」

「ご新造が、いきなりいなくなったそうなのじゃ」

「いなくなった？」

清次は安頓にちろりの酒を供しながら、

「もしや、拐《かどわ》かされたとか？」

低い声で訊ねた。

「それがようわからぬのじゃ……」

安頓は、高輪への往診の帰りに、〝香南堂〟の番頭に会った。

三番番頭を務める平助《へいすけ》である。

久右衛門とは小僧時代からの盟友で、栄吉が久右衛門を継いだ後、彼の引きで番頭となった。

平助はそれを恩義に思い、新たな主人に忠誠を誓っていた。

久右衛門に近いとなれば、安頓とも面識があり、平助は安頓の飄々《ひょうひょう》として、何ごとに対しても造詣の深いところに惹かれて、何かというと相談するようになっていた。

安頓には欲がなく、店の弱みにつけ込んで何か企もうというような邪心が一切見受けられないからだ。

平助が、何か言いたそうにしていたので、

「何か苦労がおありかな？」

と問えば、

「はい、それが……」

彼は逡巡してから、

「ご内聞に願いたいのですが、おかみさんが、いなくなってしまったのです」

と、打ち明けたのである。

安頓もまた、拐かされたのかと思って、

「お役人には届け出たのですかな?」

と訊ねると、

「それが、そんなことをすれば外聞が悪いゆえ、少し様子を見るようにと……」

お岩がそのように言って聞かぬのだと、平助は応えた。

「お岩殿がのう……」

安頓は首を傾げた。

お岩は、お八枝を溺愛していたはずである。

その姿が消えたとなれば、狂乱するに違いない。

しかし、平助の話によると、意外や落ち着いていて、

「誰か、お八枝の姿を見かけた者はいませんか?」

まず奉公人に訊ね、皆がわからないと応えると、

「まったく、側近くに誰かがいそうなものだが、お八枝も粗末に扱われているのだねえ」

しっかりとした口調で、一同を叱責したそうな。

「頼みとする旦那にも、まるで構ってもらえぬとなれば、あの娘《こ》が世を果無《はかな》んでも

仕方ありませんよ」

その上で久右衛門にも痛烈な苦言を呈して、

「お八枝も馬鹿ではありません。供も連れずにそっとどこかへ行ったのなら、それはそれで考えがあってのことでしょう」

店に賊が押し込んだ形跡はまったくないのだから、そう考えるのが道理だと言うのだ。

「いや、しかしここは、御用聞きの親分だけでも呼んで相談するべきかと……」

久右衛門はそのように言ったが、お岩は一笑に付して、

「あなたもまだお若い。先が思いやられますよ。相談などして、あらぬ詮索をされたら、それこそ店の名に傷がつきます。御用聞きや町役人を信じてはいけませんよ。ああいう連中は人の弱みにつけ込んで、何かというと金にしてやろうと、企んでばかりいるのですからねえ」

と、窘めた。

「いや、お袋様、そうだといってこのままにしていては」

「まだ一日帰ってこなかっただけではありませんか。御用聞きなど呼んで、その後

ひょっこりと戻ってきたら、それこそ恥になりましょう。もし拐かしに遭っていたとすれば、攫《さら》った者達が何か言ってくるに決まっていますよ。その時になって考えることですね」

お岩はきっぱりと言った。

奉公人達は、感じ入った。

日頃は、折あらば遊びに興じたい、着飾りたいと企んでいるお岩が、危機を前にすると、実に凜《りん》として当を得たことを言うものだと見直す想いであったのだ。

これには久右衛門も心を打たれたようで、

「さすがでございますねえ。仰る通りでございます。わかりました。ここはお袋様の仰せの通り、もう少し様子を見てみましょう」

と、お岩に畏《かしこ》まり、奉公人達には、

「皆も、心当りがあれば、どんなことでもわたしに言ってきてください」

と言い渡して、いつもの商いに戻ったのだという。

お夏はこれを聞いて、

「何だかおかしな話ですねえ……」

と、腕組みをしてみせた。

「ああ、まったくおかしな話なのじゃよ」

安頓は顎を撫でた。

平助はそっと安頓に事情を伝え、

「さすがに旦那様も、それからは難しい顔をして、考え込んでおいでのようで。わたしから聞いたとは仰らずに、もし旦那様から何か話があれば、どうかよいお智恵をお貸しくださいまし」

そのように願って立ち去ったというのだが、

「まあ、お岩殿の言うことに素直に従ったのはよい分別ではありましたな」

と、安頓は想いを馳せた。

下手にあれこれ言うと、

「お八枝も、夫への不足をあれこれ言い募ってはならないと、気を利かせてどこかへ姿を隠したのに違いありません。まったくどうしてこの家の娘が、気遣って外へ出ねばならないのでしょうねえ」

こんな言葉をくどくどと言われるのがよいところだと、わかっているからであろう。

「わたしの見たところでは、財布の紐を一向に緩めるつもりのない久右衛門殿に腹を立てて、家出をしたというところでしょうな」

「ふふん、あたしもそう思いますねえ。金持ちなんてものは好い気なもんで、どこにでも身を隠すところがあるのでしょうねえ」

　お夏は苦笑いを浮かべた。

「しかし何ですねえ、痛《いて》えところを突いてきますねえ」

　清次も黙ってはいられず、あさりと豆腐と油揚げを煮付けた一品を安頓の前に置くと渋い顔で言った。

「うむ、まったく痛いところを突いてきよる。我が儘女房の家出だと思うても、婿養子が家付き娘にそれをされては肩身が狭かろうし、確かに外聞が悪い。それでいて、本当のところは誰にもわからぬときている。もしかすると拐かされたのかもしれぬのでな」

「そうですねえ、真実を知っているのは、お八枝さんだけなんですからねえ」

　しばらく様子を見ろというのは、好い分別かもしれないが、その間は久右衛門にとって、〝真綿で首を絞められるような心地〟であろう。

「それで、久右衛門の旦那は、先生に何か相談を持ちかけてきましたか?」

お夏は安頓に酒を注いでやりながら訊ねた。

「いや、何も言うてきてはおらぬ。わざわざ他人にする話でもないゆえにのう」

「まあ、そりゃあそうだ……」

「自分から言うのも気が引けるのでしょうな」

先代のように、何かというと安頓を呼びつけられるほどの貫禄がついていないので当然のことだ。

「あの旦那は、いける口なんですか?」

「それなりに酒は飲むはずだ。もっとも養子の身ということもあって、滅多に飲み歩いたりはしないがのう」

「老舗の主人なんだ。たまには飲みに出たっていいってもんだ。一度、誘ってあげたらどうなんです? 酒でうさを晴らすのは、あまりいただけませんがねえ、飲めば頭の中がすっきりすることだってありますからねえ」

「そうじゃのう。往診の帰りに立ち寄ったということにして、ちょっと顔を見に行こうか」

「ふふ、女房が行方知れずになっているというのに、飲み歩いたら、あの婆ァさんが何と嫌みを言うか知れたものじゃあありませんがねえ」

「女将の言う通りじゃな。飲む飲まぬは置いておいて、とにかく一度立ち寄ってみよう」

「それがいいでしょう。でも先生はおやさしい……」

「ははは、人の家のことなど放っておけばよいのだが、先代に風鈴を勧めたのはわたしだからな。どうも後生が悪うてのう」

番頭の平助にも頼られたとあっては、安頓も男気が疼《うず》くのであろう。

ノミを飼い慣らし、誰のノミが一番高く跳ぶか天眼鏡越しに見て競い合う――。

そんな道楽を企んだり、どこか世の中を斜めに見て、おもしろおかしく生きている気儘人だが、時として人助けに立ち上がるのが、吉野安頓という男なのだ。

五

吉野安頓は早速、その翌日の昼下がりに〝香南堂〟に立ち寄った。

自分の顎を〝ぐどい〟と言うお岩とは顔を合わせたくなかったが、幸い奥の間に引っ込んでいるのか店先にはいなかった。

格子縞《じま》の着物に羽織を引っかけ、白足袋をはき、三日月の顎で風を切る——。特徴のある医者の安頓である。店の者達はすぐにその姿に気付いて、久右衛門に取り次いでくれた。

「いや、往診の帰りに立ち寄ったまで……」

いつも変わらぬ笑顔で安頓を迎えてくれた久右衛門に、その由を伝えたが、

「はて、先生がこの辺りまで往診をされているとは知りませんでした」

久右衛門は安頓のおとないの意味をすぐに解したようで、彼を店の近くの甘酒屋に誘った。

そうして二人で甘酒を啜ると、

「お八枝のことでお越しくだされたのですか？」

囁くように訊ねたものだ。

「ああ、いや……」

安頓が口ごもると、

「よいのです。先生には隠すこともありませんから」

久右衛門は小さく笑った。

外聞が悪いから他言無用にと奉公人達には厳命しつつ、お岩は〝香南堂〟の親類には、

「どうぞご内聞に願います」

と言って、お八枝の失踪を相談しているらしい。

他言無用といっても、そんな話を聞かされると、親類縁者は気になって、そっと久右衛門に問い合わせてくる。

そこがお岩の狙いなのだ。

何と酷《ひど》い婿養子なのだろう――。

そのように思わせて、久右衛門を責め、自分の待遇改善に繋げんと企んでいるのに違いないのだ。

久右衛門は、そういうお岩の邪心については安頓に話さなかったが、聞かずとも安頓にはわかるというものだ。

「で、久右衛門殿は、何と応えているのかな？」

「はい、お袋様が真によいお指図をくださいまして、今は様子を見ているところでございます、と」

「なるほど……。お岩殿も余計なことを言ったものですな」

お岩にしてみれば、自分の意見に久右衛門が素直に従うとも思えず、彼が慌てふためくところを見たかったのであろう。

しかし、久右衛門はあっさりとその言に従い、親類縁者からの問いにも、お岩の意見が何よりも正しいと思い、今は堪え忍んでいるのだと応える。

こうなると、久右衛門を責める者はいなかった。

そもそも先代・久右衛門が、女房と娘に手を焼いていたのを皆は知っている。

落ち着き払っている久右衛門を見て、これはお八枝の我が儘な家出に過ぎないと、誰もが安心してしまったのである。

「本当のところはどうなのでしょうねえ」

それでも、泰然自若とはしていられまいと、安頓は久右衛門を気遣ったのだが、

「案ずるまでもありませんよ。お八枝は母親の真似をしたのでしょう」

久右衛門は、そう言って頷いてみせた。

「母親というと、お岩殿のことで？」

「そんなことをするのは、あの人の他にはおりませぬよ」

久右衛門は、かつてお岩が家出をした事実を告げた。

「そうでしたか……」

その時、先代・久右衛門は店の者には実家に帰っているのだとごまかしたが、裏では夫婦の攻防があったようだ。

結局、お岩は家出中にお八枝を身ごもっていると気付き、止むなく店に戻り今に至る。

久右衛門は、先代から真実を聞かされていた。

そして、それを決して笑い話とは思わず、何かあるとそういう暴挙に出るのが、うちの女達であるとの教訓を得ていたのだ。

先代は、お岩の家出を受けて、それ以降は少しだけ女房の浪費を許してやるようになった。

お岩も、娘が生まれて贅沢をする間もなく、それから時が流れたこともあり、以後はそんな馬鹿な真似はしなくなった。

それでも、娘のお八枝にだけは、昔話として、家出の話を伝えていたのであろう。

それを思い出したお八枝が、かつての母の真似をしたのに違いない。

今の久右衛門にとっては、生憎《あいにく》お八枝に身ごもった兆候がなく、彼女が自ら諦めて帰ってくる要素はない。

こうなると我慢競べの様相を呈してきたが、

「わたしは負けません」

久右衛門は、きっぱりと応えた。

お八枝の安否が危ぶまれるのならともかく、十中八九、女房は義母の真似をしている。

そのうちに何か理由をつけて、店に戻ってくるはずだ。

自分としては、様子を見るも何も、身に寸分もやましいことはないし、後ろめたさもない。

お八枝が根負けして戻ってくるまでは、意地でも自分は動かぬつもりだと、久右衛門は覚悟を決めているのだ。

お岩は、お八枝が自分の真似をしたのだと気付いているから、いきなりの失踪に

ついては、

「どうということもなかろう」

と、高を括っているのに違いない。

我が儘母娘は、以心伝心というわけである。

「あるいは、二人はぐるになっているのかもしれませんな」

安頼は、そのように推測した。

「そうは思いたくありませんが……」

久右衛門は哀しそうな顔をした。

先代が当代に、男同士の打ち明けごととして、昔お岩に家出をされて困ったことを話している。

お岩とお八枝は一切口には出さぬものの、それについては確信しているはずだ。

先代・久右衛門は、妻の家出については、

「お前が拐かされているとすれば、どうしようかと気が気でなかったよ」

と、お岩にはこぼしていたという。

先代から話を聞いていれば、当代も、お八枝が拐かされたとまでは思うまい。大騒ぎになることもないはずだ。今度はお八枝が、当代・久右衛門を悩ませてやる番だと、娘をたきつけたというのは、十分に考えられよう。

「栄吉を困るだけ困らせてやって、そろそろ参ってしまった頃を見はからって、わたしが合図を送るから、その時になったら戻っておいで」

などと談合していたに違いない。

お岩は久右衛門には、

「まったくあの娘は、今頃どうしているのでしょうねえ。様子を見ようと言ったものの、わたしはお八枝の身が案じられてなりません」

と、婿の不実を詰るようにこぼしている。

しかし、その実はお八枝とぐるになって久右衛門を責め苛み、お岩は日々、婿が困っている姿を覗き見ている——。

それを思うと、

「いささか気が滅入ってきましたよ」

久右衛門は甘酒を飲み終えると、ぽつりと愚痴を言った。

言いたいことはもっとあるだろうが、彼はそれを腹の内にしまっている。

「旦那様、一杯やりましょう」

安頓はことさら明るい声で、彼を誘った。

「しばらく様子を見る。そのしばらくがいつになるか知れませんが、いずれにせよ口うるさい女房はいないのですから、少しは命の洗濯をしませんと、身が持ちませんよ」

久右衛門はしばし俯いていたが、やがて安頓を真っ直ぐに見て、

「先代が、吉野先生を頼りにした想いが、よくわかります」

つくづくと言った。

六

久右衛門は、吉野安頓の誘いに応えて、翌日の夕方に、お夏の居酒屋にやって来た。

「もうちょっと、好いところに行けば好いのに……」

お夏は苦笑いで迎えたが、久右衛門がお八枝とお岩についての愚痴を言って、酒でその屈託を晴らさんとしているのは明らかであった。

それには、お夏の居酒屋が、安頓の他にも話し相手がいて、ちょうどよかったのであろう。

そう思うと、お夏も清次も尚さら久右衛門が不憫に思えてきた。

「ここにいる客は皆、旦那様の味方ですからな。心おきなく酔っ払えばよろしかろう」

安頓が、他の客に聞こえるように言って、久右衛門の気持ちをほぐしてやるのを見ると、お夏は二人を板場の傍の小上がりに招いて、清次に酒肴《しゅこう》を次々と運ばせた。

そうして自分はすぐ近くに鞍掛を置いてそこに腰をかける。

ここから客に睨みを利かし、二人の宴に構ってやる。

これがお夏の最大のもてなし方なのだ。

久右衛門は、お夏のそういう気遣いが瞬時に理解出来る。

そういう気働きが、彼を〝香南堂〟の主にさせたのである。

「いやいや、今日は久しぶりに飲ませていただきますよ。何といっても、この店なら酔い潰れても無事でいられますからねえ」

まず素直に喜んで、

「おまけに目の前には、腕の好いお医者がいるときている」

と、安頓を持ち上げた。

それでも、久右衛門の表情には、疲れと翳りが色濃く浮かんでいた。

「ここでお酒を飲むのは初めてですからねえ、楽しみにしておりましたよ……」

お夏はニヤリと笑って、

「料理はいささか塩気が多くて、こくがありませんけどね」

と、お岩の口真似をしてみせた。

「ははは、それについてはご勘弁ください」

久右衛門は努めて明るく振舞って、いさきの刺身、あんかけ豆腐、筍《たけのこ》の煮物などを、

「ああ、うまいなあ……」

と賞味して、好い調子で熱い酒を飲んだ。

酒はあらゆる屈託を一時忘れさせてくれる。

辛いことでも、酔えば笑い話になって口から出る。

「いつだったか……、吉野先生は、所帯を持つなどというのは、墓所で暮らすよう

なものだと仰いましたよねえ」

「そんなことを言いましたかねえ」

「仰いましたよ。わたしがまだお八枝と一緒になって間もない頃でしたから、何と酷いことを言うお医者だと思っていましたが、それからすぐに、わたしも卒塔婆《そとば》に囲まれている心地がしましたよ」

久右衛門はそう言って大笑いした。

ほろ酔いに顔を朱に染めて、少しうっとりとして話す彼は、なかなかに美しい。

「お八枝だってね、先代に言われて、嫌々わたしと一緒になったわけじゃあないのですよ。そろそろ婿養子の話をしなければならないという段になって、栄さんが……、わたしは栄吉といいましたからね……。〝栄さんが好い〟と、向こうがそう言ったのですからね」

久右衛門は快調に話し始めた。

「先代は、さぞかしお喜びになったのでしょうねえ……」

お夏が相の手を入れた。

「そりゃあもう。お八枝の手をお取りになって、〝お前とは、初めて気が合ったような気がする。お前には男を見る目がある〟なんてね。お袋様だって喜んだんですよ。〝栄吉ならわたしも安心ですよ〟なんてねえ。わたしが婿になれば、何でも言うことを聞くと思ったのでしょうが、わたしが跡を継ぐまでは、二人共、好い女房、好いお袋様だったのですよ……」

と、平穏な頃を懐かしむ久右衛門の顔は、ぱっと華やいだ。

「旦那様がわたしに、店が傾いたっていいから、お八枝とお岩には贅沢な暮らしをさせてやってくれ……、と言い遺してくださったら、わたしだってそうしますよ。それだと、わたしは二人から好い婿だと思われて、どれだけ気が楽であったか。しかし、お店は奉公人達と、出入りする者達の暮らしを支えるためにあるのだ、傾いたら大勢の者の暮らしが傾くことになる……。わたしはそういうものの考え方をする旦那様に惚れたんだ。旦那様のご遺志に逆らうようなことは、死んだってできません……」

ほろ酔いは、次第に深い酔いに変わり、久右衛門の表情にはやり切れなさが漂ってきた。

これからが心のうさの晴らしどころなのであろう。

「して、お八枝殿の方は、何か動きがありましたかな」

安頓が水を向けた。

「相変わらずですよ。放っておけばいいのです。無事だというのはわかっているのですから……」

久右衛門は吐き捨てるように言った。

その言葉に、お夏も清次も、安頓と共にまじまじと久右衛門を見た。

「やはりうちの婆ァさんがぐるになっていましたよ。まあ、端からわかっていたことですがねえ……」

昨日、安頓が〝香南堂〟に立ち寄った折、お岩の姿は見えなかった。

それは、お岩が、

「ちょっと、お墓へ参ってきます」

と言って外出をしたからだ。

久右衛門は穏やかに送り出したが、心の内では不審を抱いていた。

「お八枝の無事をお願いするのです」

と口では言っているが、供連れは古参のお岩付きで、店の内にあって何かと久右衛門に小癪な物言いをする女中であった。

——これはお八枝に会いに行くのだな。

彼は咄嗟に察して、側近の平助にそっと後をつけさせた。

すると案の定、お岩は墓所へは行かずに、東海道を南へ進み、本芝四丁目へ出ると、一旦女中と別れて、浜辺寄りにある藁屋根の小さな寮へと入っていった。

平助が慎重に中へ目をやると、木戸門を入ってすぐのところに寮番の小屋があり、老僕が一人表に置いた床几に腰をかけ、居眠りをしていた。

寮の使用人は、どうやらこの老人一人だけのようだ。

裏手へ回ると、生垣の隙間から母屋の様子がよく見えた。

濡れ縁に腰をかけ、並んで座っている女が二人。紛うことなくお八枝とお岩であった。

お岩は道中買い求めた弁当を、お八枝に食べさせていたところで、

「おっ母さん、わたしはいつまでここでじっとしていたら好いのです?」

お八枝の気だるい声が、平助の耳に届いてきた。

平助は機敏で、何ごとにも抜かりがない。

そっと二人の様子を窺うことなど、わけもなかった。

「もう少し辛抱をおし。思いの外に栄吉は落ち着いているのですよ」

「おっ母さんが前に姿をくらましたことを、うちの人は知っていますから、どうせそんなことだろうと、見破られているのではないですかねえ」

「なるほど、そういうことも考えられるねえ」

「何を呑気《のんき》なことを……。おっ母さんは、実家《さと》で甘やかされて育ったから、詰めがなってないのですよ」

「何を言うのです。お前だって、わたしの話にほいほいと乗ったではありませんか」

母娘は似ているだけに、衝突もしやすいようだ。

あれこれ言い争っていたが、とどのつまりは、

「栄吉は落ち着いているようでも、心の内は疲れ切っているはずです。あと、四、五日、ここで辛抱すれば、あれも考え方を変えることでしょうよ」

「帰る時の理由はどうするのです」

「何もかも嫌になって、ふらふらと外にさまよい出たら、疲れのあまり気を失って、親切な人に助けられた……。そんなところでどうです？」

「なるほど、それはよいかもしれません」

「とにかく、二日後にまた、何かおいしいものを買ってきてあげるから、それまでにまた考えておいておくれ」

そういう話に落ち着いたらしい。

平助は何食わぬ顔で店に戻り、久右衛門に報告した。その折の彼の怒りを含んだ目を見て、久右衛門は取り乱してはいけないと思い、

「そうかい、それはご苦労だったねえ。まず母娘二人で遊んでいるなら、それでよかった」

と、笑いとばしたのだという。

安頓は呆れ返って、

「まったく、子供の遊びですな。それで、お八枝殿をどうするつもりです?」

「放っておきますよ。遊びに付合っていられるほど、わたしも暇ではないのでね」

そう言いながらも、久右衛門の表情には無念が浮かんでいた。

そんなことだろうとは思ったが、妻と義母が密かに隠れ家を見つけて、夫である自分を欺いていると知れたのだ。

そのやり切れなさはどうしようもなかろう。

しかも、していることがあまりにも見えすいていて稚拙で、激しい怒りが込み上げてくるまでもない。

「養子になどなるものではありませんねえ。いっそ店を出て、わたしがどこかへ消えてしまいたい想いですよ……」

久右衛門の酒はさらに進み、いつもの明亮な物言いが、乱れてきた。

かける言葉を探す安頓に代わって、お夏が囁くように、

「せっかく番頭さんが隠れ家を見つけてくれたんですから、旦那さんも見届けたらどうなんです？」

と言った。

「見届けてどうするんです？」

久右衛門は、とろんとした目でお夏に問うた。

「店の人には見せたくないでしょうから、ただ一人で乗り込んでやるのですよ」

「わたしが？」

「そうですよ。相手にせずに放っておくという手もあるでしょうがねえ。ここは男

の意地を見せておやりなさいな」

「そんなことをしたら、開き直って、何を言うかしれませんよ」

「何か言われたら、ばしっ、と言ってやればいいのですよ。主のおれをないがしろにするとはどういう了見だ！　ってね」

「なるほど……。それで喧嘩になったら……」

「久右衛門の名前を返して、栄吉としてやり直したら好いじゃあありませんか。旦那さんは、もう十分、先代へ義理を果したんじゃあないですかねえ」

「うむ、わたしもそう思います」

お夏に続いて安頓が言った。

「なるほど、受け流していないで、ここは決着をつけるべきだと……。確かにそうですね」

久右衛門は、ぐっと盃を干した。

お夏は久右衛門の決意を見届けると、立ち上がって、板場の清次に、

「清さん、久しぶりに皆を集めて、楽しいことをしようじゃないか……」

そっと耳打ちした。

「へい」

清次はしっかりと頷いてみせた。

二人は、この店にやって来て、さんざん料理に文句をつけた、お八枝とお岩の顔が先ほどから目の前にちらついて仕方がなかったのである。

七

「よし、今日こそは決着をつけてやる」

久右衛門は覚悟を決めた。

やはり吉野安頓は、心を治す名医だと思った。

酒でうさを晴らすなど、くだらない男のすることだと思っていた。

しかし、酒場には人間が生きる上での大きな智恵が転がっている。

酔った上での決心は浅はかなものとは限らない。

酔わねば湧いてこない気力もあるのだ。

そういう意味では、お夏の居酒屋でうさを晴らしたのは久右衛門にとって、実に爽快な一時となった。

主筋の妻と娘である、お岩とお八枝に対して、久右衛門は先代の遺志を守るために、奢侈を戒めてきた。

しかし、先代がこう言ったのでわたしはこのような方針を立てます、ゆえにこれに従ってくださいでは、あまりに自分というものがなさすぎる。

それは何ごとも、先代を慮《おもんぱか》っていたがための遠慮でしかない。

思えば、お八枝、お岩とはどこかで正面からぶつかり合うべきであった。

それをしなかったのは、先代亡き後の〝香南堂〟を守るためまず商売が大事で、日々忙殺されたからである。

とはいえ、店を守るには、〝香南堂〟の主として、外も内もしっかりと統制していかねばならないのだ。

彼はお夏の店でしたたか酔った。

店の常連には駕籠屋もいて、無事に店まで送り届けてくれた。

帰ると、お岩が皮肉をこめて、

「よくこんな時に、お酒が飲めますねえ」

と、久右衛門に冷たく言ったが、

「いや、こんな時だから飲まねばやっていられないのですよ」

久右衛門は、いつものようにやり過ごさず、お岩を睨みつけるように言葉を返した。

その時のお岩の、少し怯《おび》えたような表情を見て、やはり自分に対して後ろめたいのだと、酔った頭でしっかりと感じとっていた。

――見ていろ。そっちの企みはお見通しなのだ。浜辺の寮に乗り込んでやるから、覚悟しておけ。

その想いを胸に秘め、今日を迎えたのだ。

お岩はまたも墓参りへ行くと、しゃあしゃあと嘘を言って出かけて行った。

久右衛門は既に番頭の平助から、お八枝の隠れ家を聞いている。

「すぐそこまで出てきますよ」

店の者にそう言い置いて、本芝への道を辿った。

足早に行くと、お岩の後ろ姿が見えてきた。

久右衛門は気付かれぬように、お岩の後を注意深く追った。

何やら自分が、御用聞きの親分になったかのような気がして、胸が躍った。

そして、お岩が件の寮に入ったのを見届けて、平助がしたように自分も裏手の生垣から中を覗き見ようとした時であった。

背中に冷たいものを覚えた。

「〃香南堂〃の主殿じゃな」

背中には脇差の白刃が突きつけられていて、その声の主は宗十郎頭巾を被っている武士であった。

「まず申しておくが、わたしはそなたを傷つけるつもりはない」

武士の物言いはやさしく穏やかで、いきなり人に刃を突きつけるような者とは思えなかった。

「すまぬが少しの間、付合《つきお》うてもらいたい。よいかな?」

「好いも悪いもありません。断れば、ばっさりとやるおつもりなんでしょう」

久右衛門は、震えを抑えて言葉を返した。

「ふふふ、そう言われると言葉に窮するが、とにかく付合うてくれ」

武士が根っからの悪人でないことは、人を見る目を持っている久右衛門にはわかる。

「承知いたしました」

応えた刹那、武士は白刃を鞘に納めた。

といって、その場から逃げ出せない迫力が武士からは漂っている。

「まず、この寮へ共に入ろう」

有無を言わせぬ口調で、武士は久右衛門を促した。

それと同時に、寮の中で一瞬かすかな女の悲鳴が聞こえた。

「こ、これは……」

「案ずるな、そなたの店の女共は無事だ。今のところはのう」

理由がわからず、久右衛門は武士に伴われて、寮の木戸門を潜った。

すると入ったところにある寮番の小屋の中では、老僕が頰被りをした男に猿轡《さるぐつわ》を嚙まされているところであった。

老僕は既に縄目を受け、目隠しまでされている。

しかし、頰被りの男はというと、

「父《とっ》つぁん、ほんの少しの辛抱だから、よろしく頼むよ。お前の懐に迷惑料は入れておくからよう」

残虐なことをしつつも、武士と同様、やさしい声で老僕に詫びている。

老僕は、いつものように居眠りをしているところを男に押し込まれ、気がつくとこのような目に遭っていたようだ。

「父つぁん、一両入れておくよ」

男は老僕の懐に金を入れると、小屋の戸を閉めて武士にひとつ頷いた。

彼は口許も手拭いで隠していて、武士同様まるでその面相はわからなかったが、

「手間を取らせてすみませんねえ」

久右衛門に明るく声をかけると、母屋の内へと誘った。

武士と男を両横にして土間に立つと、座敷には縄目を受けたお八枝とお岩がいて、ぶるぶると震えていた。

久右衛門の顔を見ると、

「あ、あ、……」

泣き出しそうに声をあげたが、

「静かにおしよ……」

背後にいる女に叱られて口を噤んだ。

女は藍鼠《あいねずみ》の御高祖頭巾《おこそずきん》を被っていて、どこぞの船宿の女将の微行姿を思わせるが、文机《ふづくえ》に腰をかけた彼女の総身からは鋭い殺気が漂っている。

お八枝とお岩の傍には、女の手下と思われる男二人がいて、杖に仕込まれた刃をそれぞれの背中に当てている。

この男二人は、船宿の男衆、近在の漁師風だが、いずれも頬被りと口許を覆う手拭いで顔を隠している。

あっという間に老僕を制し、女二人を縛りあげた腕のほどは恐るべきものである。

黙って言うことを聞くしかなさそうだ。

「お前さんが〝香南堂〟の旦那かい？　ふふふ、気の毒なことだねえ」

御高祖頭巾の女は、少し嗄《しゃが》れた色気のある声で言った。

「この寮は、確か持ち主が旅に出ていて、今は空き家になっていたはずだ。そうですよねえ、大きなおかみさん」

「は、はい、そうです……」

お岩が応えた。

「それをお前さんが借り受けて、何の遊びか知らないが、ここにお店のご新造を住まわせた」

「はい……」

「大店《おおだな》の女房がすることじゃあないねえ。襲ってくれと言わんばかりだ」

「どうしろと仰るんで……？」

久右衛門が訊ねた。

「あたし達はこの女二人を質に取った。お前さんが店に帰ってここへ金を持ってくる。そうすれば、あたし達はたちまち消えちまう」

「なるほど、そういうことですか……」

「妙な気は起こさぬことさ。お前さんが役人に訴え出れば、たちまちそれはあたし達の耳に入る。そうなれば、この二人の首は胴に付いちゃあいないよ」

「た、助けて……」

女の冷徹な言葉に、お八枝とお岩は凍りついた。

「もっとも、旦那にとっては役人に訴え出る方が、身のためかもしれないがねえ」

「どういうことです？」

「お前さんが役人に訴え出るのはしごくまっとうなことだ。誰もそれを責めないさ。そうすりゃあ、己が手を汚さずに、煩わしい女二人を始末できる。金も払わなくてすむ。好いこと尽くしってやつさ」

女は、お八枝とお岩を嘲笑うように言った。

「そんなことは、これっぽっちも考えていませんよ」

久右衛門は、きっぱりと言った。

「ほう、泣かせるじゃないか。お八枝さんだったかい？　あんたには男を見る目があったってことだねえ」

「お前さん……」

お八枝は、久右衛門と女のやり取りを聞いて夫の自分への情を知り、思わず涙ぐんだ。

「それで、いくら持ってくればよいのです」

久右衛門は訊ねた。

「今すぐにここへ持って来られる金はいくらだい」

「五百両なら何とかなります」

「五百かい。よし、それで手を打とう。お前さんはくだらない女房と、その母親のために苦労させられているってえから、負けておいてあげるよ」

女はニヤリと笑った。

「栄さん……、五百両を払ってお店は立ち行くのかい」

お岩がいたたまれずに口を挟んだ。

「立ち行くかどうかは、これからの精進次第でしょう。お袋様、この後はどうかわたしに力をお貸しください」

久右衛門は励ますように応えた。

「ほほほ……! 好い婿だねえ……!」

女は高らかに笑った。

お八枝とお岩は言葉もなく、ただ涙にくれていた。

「先代が生きておいでなら、同じことをされたでしょう。わたしにとって、お八枝とお袋様はかけがえのない人なのです。ただ、二人共、この先はわたしに隠れてのお遊びは控えてくださいまし」

久右衛門は、自分にただただ手を合わす二人にそう言い置くと、

「すぐに戻って参ります。もちろん、誰にもこのことは申しません。それゆえ、この二人には何の手出しもせぬように願いますよ！」

女を真っ直ぐに見てから、寮を走り出たのであった。

「さて……、お前達二人のために、あの旦那は五百両もの金を持って帰ってくるだろうかねえ……」

女は、お八枝とお岩をさらにいたぶった。

「案ずるな。その時はわたしが、何の痛みもなく、あの世へ送ってやろう」

すると、久右衛門をここへ連れてきた件の武士が、ゆったりと座敷へ上がって、腰の太刀を一閃させた。

その刹那、座敷に置かれていた燭台が、縦に真っ二つに割れていた。

あまりの光景に、お八枝とお岩は放心して、その場に倒れた。

すると、御高祖頭巾の女は、声を押し殺して笑い出した。

「まあ、これで懲りただろうよ。当代・久右衛門、好い男じゃあないか」

唸ってみせたのはお夏であった。

となると、凄腕の武士は、かつてお夏と共に、〝魂風《たまかぜ》一家〟の一人として、義賊ばりの暴れ方をしてみせた河瀬庄兵衛《かわせしょうべえ》。

老僕をやさしく縛りあげたのは、同じく仲間の髪結鶴吉《つるきち》。お夏の左右に付き従い、あっという間にお八枝とお岩を縛り付けた男衆が清次、漁師風が船漕ぎ八兵衛であるのは言うまでもない。

「皆、ご苦労さまだったねえ。ふふふ、たまにはこうして五人揃って悪戯をするのも楽しいじゃあないか」

お夏は満面に笑みを浮かべると、倒れている二人の傍へ書付を残し、四人と共に寮を出た。

この後の様子は見届けるまでもなかろう。

書付には〝主殿の心根に感服仕り候《そろ》〟と書かれている。

五百両を手にした久右衛門は、老僕を助け、妻と義母を助け、一同打ち揃って安堵の涙を流すことであろう。

この五人にとっては、歯応えのない悪戯だが、たまにこうして打ち揃うのもよかろう。

やがて彼らの姿は、押し殺した笑い声と共に、白浪のごとく消えていった。

八

それから数日が経ち――。

〃香南堂〃の主・久右衛門は、吉野安頓と共に、夕方になってお夏の居酒屋にやって来た。

その日は、番頭の平助も一緒で、彼はすこぶる上機嫌であった。

お夏は待ち構えていたとばかりに、

「それで、あっちの方はどうなったんです?」

首尾を訊ねたものだ。

お夏も清次も、その後のことはまだ知らなかった。

「乗り込んでやりましたよ」

久右衛門の中で、あの一件については決着がついたのであろう。

お八枝とお岩が賊に捕えられ、五百両の質にされたことについては一言も言わなかった。

寮番の老僕には金を摑ませ、寮で起こった変事については口止めをした。

老僕は、鶴吉が懐に入れてくれた一両に加えて、久右衛門からは五両の金をもらい、思わぬ福に顔を綻ばせて、五人の賊については何も語らなかった。

ずしりと重い五百両を抱えて戻ってきたところ、書付だけが残され、あの恐ろしい賊はいなくなっていた。

「旦那様……」

「栄さん……」

「どうぞわたしを許してください！」

「わたしが間違っていましたよ……」

お八枝、お岩が泣いて久右衛門に感謝したのは言うまでもない。

「悪い夢を見たのですよ……」

久右衛門は、忘れてしまいましょうと二人を労り、しばらくしてから戻ってきて、慌てふためくお岩付きの女中と一緒に店に帰ったのである。

既に店の者達は皆、お八枝の失踪は彼女の我が儘による家出と認識していたから、久右衛門がお岩と女中とで、連れ帰ったことに驚きはしなかった。

さもありなんというところだが、帰ってきたお八枝が、お岩と共に人が変わったように、久右衛門に従順になっているのには驚いた。

久右衛門は、その場を取り繕い、お八枝はふらりと店を一人で出たところ、俄に癪《しゃく》に襲われ気を失い、親切な人に助けられたのだと、店の者には説明し、何ごともなかったかのように、いつもの暮らしに戻ったのだ。

そして、吉野安頓とお夏、清次には、

「お八枝とお袋様が驚いたのなんの……。ははは、それからはまあ、色々とありましたが、今では無事に店に戻って大人しくしておりますよ」

と、それだけを伝えたのである。

その色々が、まったく夢のような話であるが、彼はそれを夢だと捉えることにしたのである。

お夏はニヤリと笑って、

「そうですか、色々とありましたか……。そいつはよかったですね。この先はまあ、旦那に頭が上がらなくなりますよ」

この日もまた、久右衛門を気持ちよく酔わせたものだ。

「さて、どんなものでしょうねえ」

「一緒に暮らせば暮らすほど、深まる縁というものもありますよ。それにしても、旦那はほんに好い人ですねえ」

「ほんに好い人なら、女二人にそっぽを向かれませんよ」

「いや、好い人だから、あの二人は、ちょいと甘えたくなったのでしょうよ」

「それは喜ぶべきことなのでしょうかねえ……」

安頓は、お夏と久右衛門のこんな会話をほのぼのとした表情を浮かべて聞いている。

「喜んでいいと思いますよ。随分と暮らしやすくなったでしょう」

「はい、それはお蔭さまで……。何よりも、誰にも遠慮気がねなく、家で〝ぶっかけ飯〟を食べられるようになりましたからねえ……」

もう、ここへわざわざ食べに来なくてもよくなりましたよと、久右衛門はとろけるような笑顔でお夏に告げていた。

この作品は書き下ろしです。

豆《とう》腐《ふ》尽《づ》くし

居酒屋《いざかや》お夏《なつ》 春夏秋冬《しゅんかしゅうとう》

岡本《おかもと》さとる

令和3年8月5日　初版発行

発行人――石原正康
編集人――高部真人
発行所――株式会社幻冬舎
〒151-0051東京都渋谷区千駄ヶ谷4-9-7
電話　03(5411)6222(営業)
　　　03(5411)6211(編集)
振替00120-8-767643
印刷・製本―中央精版印刷株式会社
装丁者――高橋雅之

幻冬舎時代小説文庫

ISBN978-4-344-43123-2　C0193　お-43-13

幻冬舎ホームページアドレス　https://www.gentosha.co.jp/
この本に関するご意見・ご感想をメールでお寄せいただく場合は、
comment@gentosha.co.jpまで。